伟大的旅程

叶卡捷琳娜的皇家日记 | 1743年—1745年 |

〔美〕克里斯蒂安娜·格雷戈里 著　周洪 译

人民文学出版社
PEOPLE'S LITERATURE PUBLISHING HOUSE

著作权合同登记号　图字 01‑2020‑5626

The Great Journey，Russia，1743
Copyright © 2005 by Kristiana Gregory
All rights reserved.
Published by arrangement with Scholastic Inc.，
557 Broadway，New York，NY 10012，USA

图书在版编目(CIP)数据

伟大的旅程:叶卡捷琳娜的皇家日记/(美)克里
斯蒂安娜·格雷戈里著;周洪译. —北京:人民文学
出版社,2016(2023.12 重印)
　(日记背后的历史)
　ISBN 978-7-02-012051-2

　Ⅰ.①伟… Ⅱ.①克… ②周… Ⅲ.①儿童小说-中
篇小说-美国-现代　Ⅳ.①I712.84

中国版本图书馆 CIP 数据核字(2016)第 234807 号

责任编辑　卜艳冰　王雪纯
装帧设计　李　佳

出版发行　人民文学出版社
社　　址　北京市朝内大街 166 号
邮政编码　100705

印　　制　山东新华印务有限公司
经　　销　全国新华书店等

字　　数　96 千字
开　　本　890 毫米×1240 毫米　1/32
印　　张　6.75　插页　2
版　　次　2017 年 4 月北京第 1 版
印　　次　2023 年 12 月第 2 次印刷

书　　号　978-7-02-012051-2
定　　价　45.00 元

如有印装质量问题,请与本社图书销售中心调换。电话:010‑65233595

序

老少咸宜，多多益善
——读《日记背后的历史》丛书有感

钱理群

这是一套"童书"；但在我的感觉里，这又不止是童书，因为我这七十多岁的老爷爷就读得津津有味，不亦乐乎。这两天我在读"丛书"中的两本《王室的逃亡》和《法老的探险家》时，就有一种既熟悉又陌生的奇异感觉。作品所写的法国大革命，是我在中学、大学读书时就知道的，埃及的法老也是早有耳闻；但这一次阅读却由抽象空洞的"知识"变成了似乎是亲历的具体"感受"：我仿佛和法国的外省女孩露易丝一起挤在巴黎小酒店里，听那些平日谁也不注意的老爹、小伙、姑娘慷慨激昂地议论国事，"眼里闪着奇怪的光芒"，举杯高喊："现在的国王不能再随心所欲地把人关进大牢里去了，这个时代结束了！"齐声狂歌："啊，一切都会好的，会好的，会好的……"我的心都要跳出来了！我又突然置身于3500年前的神奇的"彭特之地"，和出身平民的法老的伴侣、十岁男孩米内迈斯一块儿，突然遭遇珍禽怪兽，紧张得屏住了呼吸……这样的似真似假的生命体验实在太棒了！本来，自由穿越时间隧道，和远古、异域的人神交，这是人的天然本性，是不受年龄限制的；这套童书充分满足了人性的这一精神欲求，就做到了老少咸宜。在我看来，这就是其魅力所在。

而且它还提供了一种阅读方式：建议家长——爷爷、奶奶、爸爸、妈妈们，自己先读书，读出意思、味道，再和孩子一起阅读，交流。这样的两代人、三代人的"共读"，不仅是引导孩子读书的最佳途径，而且还营造了全家人围绕书进行心灵对话的最好环境和氛围。这样的共读，长期坚持下来，成为习惯，变成家庭生活方式，就自然形成了"精神家园"。这对孩子的健全成长，以至家长自身的精神健康，家庭的和睦，都是至关重要的。——这或许是出版这一套及其他类似的童书的更深层次的意义所在。

我也就由此想到了与童书的写作、翻译和出版相关的一些问题。

所谓"童书"，顾名思义，就是给儿童阅读的书。这里，就有两个问题：一是如何认识"儿童"，二是我们需要怎样的"童书"。

首先要自问：我们真的懂得儿童了吗？这是近一百年前"五四"那一代人鲁迅、周作人他们就提出过的问题。他们批评成年人不是把孩子看成是"缩小的成人"（鲁迅：《我们现在怎样做父亲》），就是视之为"小猫、小狗"，不承认"儿童在生理上心理上，虽然和大人有点不同，但他仍是完全的个人，有他自己的内外两面的生活。儿童期的十几年的生活，一面固然是成人生活的预备，但一面也自有独立的意义和价值"（周作人：《儿童的文学》）。

正因为不认识、不承认儿童作为"完全的个人"的生理、心理上的"独立性"，我们在儿童教育，包括童书的编写上，就经常犯两个错误：一是把成年人的思想、阅读习惯强加于儿童，完全不顾他们的精神需求与接受能力，进行成年人的说教；二是无视儿童精神需求的丰富性与向上性，低估儿童的智力水平，一味"装小"，卖弄"幼稚"。这样的或拔高，或矮化，都会倒了孩子阅读的胃口，这就是许多孩子不爱上学，不喜欢读所谓"童书"的重要原因：在孩子们看来，这都是"大人们的童书"，与他们无关，是自己不需要、无兴趣的。

那么，我们是不是又可以"一切以儿童的兴趣"为转移呢？这里，也有两个问题。一是把儿童的兴趣看得过分狭窄，在一些老师和童书的作者、出版者眼里，儿童就是喜欢童话，魔幻小说，把童书限制在几种文类、有数题材上，结果是作茧自缚。其二，我们不能把对儿童独立性的尊重简单地变成"儿童中心主义"，而忽视了成年人的"引导"作用，放弃"教育"的责任——当然，这样的教育和引导，又必须从儿童自身的特点出发，尊重与发挥儿童的自主性。就以这一套讲述历史文化的丛书《日记背后的历史》而言，尽管如前所说，它从根本上是符合人性本身的精神需求的，但这样的需求，在儿童那里，却未必是自发的兴趣，而必须有引导。历史教育应该是孩子们的素质教育不可缺失的部分，我们需要这样的让孩子走近历史、开阔视野的人文历史知识方面的读物。而这套书编写的最大特点，是通过一个个少年的日记让小读者亲历一个历史事件发生的前后，引导小读者进入历史名人的生活——如《王室的逃亡》里的法国大革命和路易十六国王、王后；《法老的探险家》里的彭特之地的探险和国王图特摩斯，连小主人翁米内迈斯也是实有的历史人物。每本书讲述的都是"日记背后的历史"，日记和故事是虚构的，但故事发生的历史背景和史实细节却是真实的，这样的文学与历史的结合，故事真实感与历史真实性的结合，是极有创造性的。它巧妙地将引导孩子进入历史的教育目的与孩子的兴趣、可接受性结合起来，儿童读者自会通过这样的讲述世界历史的文学故事，从小就获得一种历史感和世界视野，这就为孩子一生的成长奠定了一个坚实、阔大的基础，在全球化的时代，这是一个人的不可或缺的精神素质，其意义与影响是深远的。我们如果因为这样的教育似乎与应试无关，而加以忽略，那将是短见的。

这又涉及一个问题：我们需要怎样的童书？前不久读到儿童文学评论家刘绪源先生的一篇文章，他提出要将"商业童书"与"儿童文学中的顶尖艺术品"作一个区分（《中国童书真的"大胜"了吗？》，载 2013 年 12 月 13 日《文汇读书周报》），这是有道理的。或许还有一种"应试童书"。这里不准备对这三类童书作价值评价，但可以肯定的是，在中国当下社会与教育体制下，它们都有存在的必要，也就是说，如同整个社会文化应该是多元的，童书同样应该是多元的，以满足儿童与社会的多样需求。但我想要强调的是，鉴于许多人都把应试童书和商业童书看作是童书的全部，今天提出艺术品童书的意义，为其呼吁与鼓吹，是必要与及时的。这背后是有一个理念的：一切要着眼于孩子一生的长远、全面、健康的发展。

因此，我要说，《日记背后的历史》这样的历史文化丛书，多多益善！

2013 年 2 月 15—16 日

1743 年
俄罗斯

1743年8月7日

普鲁士策尔布斯特

从城堡这里望下去，可以看到一条溪流，这让我觉得口干舌燥。今年的夏天特别炎热。我们只能一直开着书房的窗户保证通风，我也不时地把身子从窗台上面探出去想乘乘凉。还好此时吹来了些许凉风，谢天谢地，我今天的课程也终于都结束了。

负责各种课程的家庭教师们依次来给我上课：数学，文学，科学，也有舞蹈和音乐。我最喜欢的老师芭贝特小姐，来自法国。每天她都会教我礼仪和法语，不过我的法语中还是带着些德语口音。这本日记就是今年四月我生日的时候，芭贝特小姐送给我的礼物。

当我坐下时，这本日记的大小正正好能铺在我的腿上。我把它藏在我的一个帽子盒里，上面铺了一些羽毛。这样一来，如果有人动过我的日记本，我就能马上知道。在盒子里，我还放了一瓶塞了瓶塞的墨水和一把削鹅毛笔的刀。

"你现在十四岁了，可以开始用笔描述自己的生活和世界了。"当我拆开芭贝特小姐送的这个礼物时，她是这样和我说的。

至于为什么我等了四个月之后，才终于开始用这个礼物，我也不知道。也许，是因为胆怯，每次结交新朋友或者学习一个新事物时，我都会这样，需要一些时间来适应，来接受。

所以，我来啦，亲爱的日记本。终于，我准备好向你倾诉我的秘密了。

第二天

今天，终于不再下雨了。我们都待在院子里，等着弗里德里克的生日派对开始。今天，他九岁了，他对自己的新军装感到非常自豪。现在，他就在宫殿的围墙间来回走着行军步。他那双黑色靴子早已经打湿了，因为他一直把脚重重得踩在水坑里，他总是喜欢这样去吓唬那些鸭子。好在爸爸送给他的是一把木剑，不然我这个弟弟一直拿着它胡乱挥舞，一定会弄伤周围的人的。

附近村庄里的一些孩子，已经带着他们包装好的小礼物，陆陆续续通过城堡的大门走了进来。男孩子们都戴着黑色的帽子，穿着黑色的小外套，而女孩子们都在她们各自的裙子外面披着洁白干净的长袍。他们吵吵闹闹，声音里充满了兴奋。过一会儿，我也会加入他们，一起给弗里德里克庆祝生日。

我正坐在阴凉处，头顶就是客厅的窗户，窗户开着，我能听到妈妈在楼上的声音。她又生气了，不用看就能猜到，她现在一定站在窗户边，看着楼下站在烈日下嬉戏的孩子们。

"……这不是一个德国王子该有的样子……这不公平……"每当妈妈开始抱怨我们的财产时，她都会说同样的话，虽然她自己也是一个公主，出身于一个很小的王室家族。今年四月，我生日的时候，村民们带来了好几篮椒盐卷饼，还有番佛努斯香酥球，那是我最喜欢的裹着糖粉的小饼干。收到这些礼物时，我真的很感动。

但是妈妈却认为，我们的客人应该是公爵或者伯爵，他们起码会带些珍贵的礼物，比如珠宝啊或者邀请我们参观他们城堡的邀请函啊什么的。妈妈只是不知道，她的那些尊贵的贵族亲戚们之所以完全忽略她，是因为她那动不动就发脾气的性格。和一个脾气那么暴躁的人在一起，的确一点都不好玩。起码，这些是我们的女佣告诉我的。

天哪，孩子们已经排起队准备玩游戏了……派对开始了！

弗里德里克的生日派对之后……

因为天气太热了，我调皮的弟弟提议说要所有的孩子们——加起来一共有三十个人——把衣服脱掉，一起跳到溪水里去玩！妈妈深吸一口气，空气一下子都凝结了。就在她马上要爆发的时候，爸爸赶紧带着我们穿过大门，来到一片狭窄的沙滩，然后递给我们每人一根杆子，上面还绕着线。我们打算自己做一个小船，漂浮在小溪流上。

好吧！你可以想象一下，爸爸这么做，在妈妈看来，无异于给我们灌了毒药。妈妈的脸已经气得通红。她挥起手臂，头上的假卷发也跟着一起摇动。

"老天呀！"她说道，"弗里德里克是王子，可不是平民。"之后，她提起裙摆，直接转身回到房子里去了。我能听到她一路匆匆踩着石子路时高跟鞋发出的咔哒、咔哒、咔哒的声音。她裙子下面铁环做的裙箍跟着她，每走一格台阶，就一上一下晃动。

半夜

我正穿着睡袍。晚上，我房间的大窗户都敞开着，但还是热极了。屋顶上漆黑一片，只有阁楼的一扇窗户，闪烁着忽隐忽现的烛光。宫殿外面，沿着河岸依次竖着一排火炬。我能闻到远处木炭燃烧的味道，渔民们一定正在准备宵夜。

芭贝特小姐身材很丰满，脸上一直带着愉快的微笑，喜欢用法语自言自语。她来我房间和我道晚安时，带来了妈妈的口信。我明天早上要去花园见妈妈，她有话要和我谈。

这就是我到现在还没有睡着的原因。每次妈妈找我谈话，我们中总有一个人会不开心。

我和妈妈的讨论

芭贝特小姐今天早上进来后打开了我的百叶窗，然后把我叫醒。明亮的阳光一下子洒入房间。等我用洗脸盆里的水轻轻泼打洗完脸后，芭贝特小姐过来帮我梳顺头发后编辫子。我的头发是金棕黄色的，和我脖子上的琥珀项链一个颜色，头发很长，已经快及腰了。我穿着天蓝色的马甲，胸前用绸缎系了一个蝴蝶结，颜色和裙子很搭。上衣的衬衫袖子，从手腕到手肘，一排纽扣都扣好了。穿完这身衣服，我突然觉得自己很高贵。可是当我走进花园时，却看到妈妈摇了摇头。

"我可怜的德国公主啊，"她说，"你相貌这么平平，真不知道谁会愿意娶你啊？"

我坐在喷泉边的长椅上。小鸟拍着翅膀停下来喝水，我用手指轻轻触了触水面，它们又立刻飞走了。眼下的问题是：除非我能嫁给一个王位的继承者，不然我这辈子就没戏了——我整个家族也没戏了——一辈子只能是个地位卑微的王室成员。爸爸只是普鲁士军队里面的一名将军，完全没有王室血统。在妈妈眼里，他除了是路德会教友便什么都不是了。

"亲爱的，你知道吗？"妈妈说道，她身体向前微倾，凑我很近，我都能闻到她呼出的奶酪的味道，"我跟你爸爸结婚的时候才十五岁。他年纪大得都能当我爷爷了。你根本不能想象当时我妈妈有多难过，她都哭成泪人了。她多么希望我能嫁给一个国王，而不是一个军人。可是，这是我的家族能给我安排的最好的婚姻了。我们家要钱没钱，要名没名。"

就在这时，我深深地看着妈妈的眼睛，它们是蓝色的，和我的一样。她前额上的皱纹让她看上去很忧虑，但是我觉得妈妈一旦笑起来就很美。

真希望她能多笑笑啊。

妈妈站了起来，绕着喷泉来回走。她列了一张名单，上面都是一些可能正在找结婚对象的公爵或者伯爵。她提到法国国王路易十五时，长长叹了口气。如果他能有个什么侄子或者儿子，愿意娶我就好了，这样我（和她）就能住到凡尔赛宫了，那可是全欧洲最豪华的宫殿。

最有可能娶我的人，是一位来自荷尔斯泰因的德国公爵，叫卡尔·彼得·乌尔里希。在我十岁的时候，我见过他……对于那段回忆，我并不是很喜欢，但是妈妈每次提起都津津乐道。

我的羽毛笔已经把墨水瓶里的墨水吸干了……

后来

好在墨水并不贵，不然，没有墨水写日记，我该多么孤单啊。

继续来说卡尔·彼得……妈妈真的非常热衷旅行，可能是因为旅行能帮她逃离策尔布斯特，逃离这里无趣的生活。置身在贵族当中，让她的身心充满了愉悦，她一直都面带微笑，轻声和周围的人讨论八卦。所以，当四年前我们收到了邀请出席一个王室聚会时，她激动得睡不着觉了。

当时我们在什切青的城堡——我出生的地方——在这儿的北边很远的地方，在奥得河边。我们的船离开了码头，沿着奥得河朝着波罗的海的方向驶去。

我同芭贝特小姐一起站在甲板上，海风吹打在我的脸上，那感觉就好像我在骑着一匹快马。呼吸着带有咸味的空气，感受着海浪拍打着船身，真令人激动。一路上，我们沿着北部海岸线，穿过沿途的小岛和水湾，最后来到港口城市基尔。

我们住的城堡在一个悬崖之上。我们出席的是一场婚礼，当时整个欧洲所有的王室成员都出席了。我记忆中的他们都很高，带着白色的假发套，身上都散发着一股臭味，我想他们中的很多人都不习惯经常洗澡吧。有一些女士将一个绸缎做的小袋子用绳子绑着，挂在脖子上作为装饰，袋子里面通常会放上一些玫瑰花瓣，让它能散发香味。可是即便这样，也盖不住她们的体味。

在我们聚会的一个下午，妈妈把我带到了一个同龄的男孩子面前，轻轻推了我一把让我行屈膝礼。

"菲琪，他是你表哥。"——然后妈妈轻轻斜着身子在我耳边轻声道，"他是彼得大帝的外孙。他有希望可以继承瑞典王位。"

我要在这里先停下来，解释一下，"菲琪"算是我这么多昵称里面比较叫得出口的一个了，意思是"亲爱的索菲亚"。我的全名是安哈耳特-策尔布斯特的索菲亚·奥古斯塔·弗里德里卡公主。与其他的那些贵族女孩子们比，我的名字已经算很短了。不过比起"臭丫头"或者"鸭子脸"，我还是比较喜欢"菲琪"这个昵称的。

* * *

妈妈觉得，只要能和彼得大帝沾上一些关系都是最高的荣耀。彼得大帝曾经是俄国的沙皇，据说他足足有七英尺高。从小，我一直都是听着关于他的故事长大的。我最喜欢的一个故事是和矮人有关的。传说，他曾经在宫殿里举行派对，安排人们穿梭在宫殿里面游行。有七十二个矮人，穿着俄国的特色服装，两两排成队，在宏大的宫殿里面行军。我完全无法想象这个画面该有多壮观。

然后，一个有一辆马车那么大的巨型馅饼被推进大厅的中心，有人用一把银剑从底下刺入，把饼皮划开了一个口子打开巨饼，两个矮人突然从里面跳出来，开始唱歌。到现在都没有人能跟我解释，这样一个巨饼是怎么烤出来的，关键，是要保证里面的小人不会被烤熟了。

"Czar（沙皇）"是俄国人对他们皇帝的称呼；"Czarina（沙皇皇后）"是他们皇后的称呼。这些称呼是爸爸和我一起在花园散步时解释给我听的。他说，这个词来自拉丁语，描述那个最有名的权倾一世的皇帝，Caesar（恺撒）。

继续说这个沙皇的外孙……

每次妈妈提起我既不漂亮又没有钱的时候，我心里面很不爽。我希望她能不要再和我提起那个表哥卡尔·彼得了。说实话，第一次看到他的时候，我还以为他是女孩子呢。他的脸看上去白白嫩嫩的，头发很鬈很长，一直垂到肩膀上。

当时我们住在基尔的城堡，里面有一个儿童游戏室，房间的窗户正对着大海。卡尔·彼得给我看他摆在窗台大理石上的一排锡做的士兵玩偶。他们身上画着亮红色的上衣、白色的裤子还有黑色的高跟直筒靴。他告诉我，这些士兵正在监视着敌军的战舰。

"这些只是傻里傻气的玩偶而已。"我回答道。我必须重申，那个时候，我也才只有十岁。但是我说的这句话让他很不开心，他拿起了一把木制剑，将这些士兵玩偶一个个推倒摔出了窗外。他的嘴里发出"嘣嘣嘣"的声音，好像他们是被枪杀的。

"现在，"他说，"看看你干的好事吧，你这个顽劣的丫头。"他大步来到一个桌子边上，上面摆着许多用玻璃瓶装的酒和其他一些饮料。他给自己倒了一杯琥珀色的液体，然后一口气喝了下去。

对他，我总有说不出的抗拒感，可能是因为他身上总有浓重的体味吧。有一次当我告诉他他身上有异味时，他说："我从生下来到现在，还没有洗过澡。而且，我永远都不会洗澡，没人能强迫我。"

1743年8月17日，策尔布斯特

我的妹妹伊丽莎白，今天八个月大了。我叫她乌尔丽克，她是我们城堡最可爱的甜心，因为她会唱歌！当然不是我们熟悉的那些曲子，但是她的声音时高时低，非常动听，常常让我想起一种知更鸟。她在地上到处爬来爬去，这也就意味着她的膝盖总是脏脏的，只要被妈妈发现，她就会挨骂。照顾妹妹的女佣们为了能让她一直保持整洁已经精疲力竭了。

她的乳母昨天被辞退了。乌尔丽克从早哭到晚，又哭了一整晚。因为她已经习惯了咬着乳母的乳头入睡了。今晚，我会试着给她讲故事来转移她的注意力。也许，我能跟她讲我那位表哥把士兵玩偶扔出窗外的故事。

＊＊＊

亲爱的日记，真庆幸我还有你……今天，所有人都对我很恼火！这些都是我自找的。我今天一个人跑去溪水边，把脚丫子浸在水里面让自己凉爽一些。这两天天气实在太热了，我完全静不下心来完成芭贝特小姐布置的作业——翻译十四页莫里哀①的作品，从法语翻译成德语，这实在是太难了。我趁门口的卫兵换岗时，悄悄溜了出去。他完全没有看到我，因为那个时候他的脸直直对着墙壁站着。

周围没有家庭教师，也没有随时候在身边的女佣，一个人待着真好。没过多久，村子里面的一些孩子看到了我，他们跑来和我一起，我们跃过岩石，跳到溪水里面去。我们蹚着水往河中央去，水差不多都到我的腰了，这样，我们的裙子就漂浮了起来。

但是，当我在傍晚回到城堡的时候，妈妈大发雷霆。她拧着我的耳朵，狠狠扇了我耳光，我都能感觉

① 法国喜剧作家、演员、戏剧活动家。法国芭蕾舞喜剧的创始人。莫里哀是他的艺名，法语意为常春藤。

到嘴巴里的血腥味了。很疼，但是我绝不能让她看出我在哭泣。

"你就甘心沦为平民丫头，"她冲着我骂，"你就这么自甘堕落。那么将来，你能嫁给一个渔民就已经很不错了。这就是你想要的吗？来给你的家族蒙羞？"

我跑回到我的房间，当我经过芭贝特小姐身边的时候，她直直望着前方，一句话都没有说。隐约间我看到了她脸颊上的红印，我在想，妈妈是不是也打了她。我锁上房门，轻轻拍打墙壁来看看弗里德里克是不是在他的房间。每当我们一个人的时候，我们都会用这个秘密敲墙暗号来告诉彼此，我们需要陪伴。但是今天他没有回答我，看来他不在房间里。我扑到床上，一个人流泪。

我的写字台上挂着一面镜子。我站在镜子前，看着镜子里的自己，感到很挫败！为什么我一点都不漂亮？我的鼻子又长又窄，下巴还突出来了，而且脸上还有粉刺。我的脸真的一点吸引人的地方都没有！不过起码，我的牙齿不黄，也不像有些人那样有蛀牙。

三天之后

芭贝特小姐和我无话不谈，我们也常常会分享彼此的秘密。她告诉我，我很聪明，有能力去做伟大的事情。我告诉她，我很爱她的母语，多么希望我也能像她一样讲法语那么流利。

"菲琪，任何一个有地位的人，都不能容忍自己不会法语。"她每次说到这句话的时候，都会手指着空气表示强调。她要求我尝试用法语①在日记里记下每一件事情，这样我能练习法语书写。还有一个原因：

因为妈妈只读得懂德语和一点点瑞典语。她看不懂法语。

肖像画

现在是凌晨三点，我正靠着窗坐在我卧室的地

———————————
① 原文为法语。

板上。百叶窗被打开，这样我能看到沐浴在月光下的整个村庄。万物静寂，看上去所有的一切都还在睡梦中。我的蜡烛还有一大截，所以只要我想，我能一直写到日出。

就在之前，我突然从睡梦中惊醒。那天和妈妈谈话，她说到的一件事情一直都盘旋在我的脑海中。去年十二月，她在柏林生下乌尔丽克几天后，带着我坐马车去了城镇另一头一栋石头堆砌的高房子里。

这次拜访的目的是什么？我们是来见法国画家安托万·佩恩。

在他的画室，他让我站在一个窗户边上，这个窗户很高，一直都要碰到画室的天花板了。为了让更多冬天温和的阳光射入房间，窗帘已经被拉开了。我在那里站了好几个小时，将手轻轻搭在腰上，微微将脸转向他。我不能说话，嘴巴也不能动。他的法语说得和芭贝特小姐一样流利，可以很容易听懂。他解释说，他受雇于俄国女皇伊丽莎白·彼得罗芙娜来替我画肖像画的。

女皇想要看我的样子。

当这位画家研究着我的头发、脸颊、脖子，将颜料轻轻拍在画布上的时候，他告诉了我一个小秘密：整个欧洲，所有的贵族小姐的肖像画都将被寄到圣彼得堡，让女皇过目，看她是否中意她们的样貌。

她要为她的外甥卡尔·彼得找一个新娘。看来，我的这位表哥最后还是不会做瑞典国王了。他现在住在俄国，正在女皇严密的监视下，因为她已经宣布彼得将会继承她的皇位。在她死后，彼得就将成为整个俄罗斯帝国的沙皇。他的新娘将会成为女皇。

我表哥的新称谓是，彼得大公。他被迫放弃了自己原本和我一样的路德教会信仰，转而信仰东正教。我很好奇，女皇是不是也会逼迫他洗澡呢？

* * *

在佩恩先生画画时，我盯着他的脸研究。他穿了一件蓝色的工作衫，系着的腰带垂到膝盖。他没有戴假发，但是戴了一顶贝雷帽，正好把左耳遮住。他黑色浓密的眉毛看上去像极了一条毛毛虫。

求你了，把我画得漂亮一些。我心里面很想对他说。求你了，千万别画我的粉刺。但是我什么都没说，大气都不敢出。在我内心的深处，我感觉到害怕、尴尬。妈妈已经不止一次说我的长相一点都不吸引人了。但是，就在那一刻，我决定要站直身体。

如果女皇陛下看不到菲琪的美，那么也许她可以看到我的性格。反正我的表哥，对于自己的婚姻完全没有发言权。

那么，我亲爱的日记，这么多个月后，我又为什么会在凌晨四点还醒着呢？

哎呀，昨天两个来自俄国宫廷的使者抵达了策尔布斯特，他们要来近距离查看一下我的样子，并且向我提一些问题。然后，他们会带着报告回到圣彼得堡，同时还会带回一幅这个星期刚画的我的肖像画。

被人这么密切地关注和询问让我感觉很尴尬，好像我只是一把古董椅子似的。

下午茶的时候，妈妈和这两位使者一起坐在客厅里，她显得非常开心，表现出了最好的礼仪。她同我说话的口气也非常温柔，当她递给我一盘番佛努斯香酥球时，她表现得好像我们是知心密友似的。

这两个俄国人和我们用德语交流。我喜欢他们的口音，但是我并不喜欢妈妈试图在交谈中夹杂一些法语用词。当他们其中一位绅士提到在来的路上遭遇到道路被大暴雨、洪水冲毁时，妈妈本来想说："这真可惜。"但是她却说的是："这是芝士。"①

俄国使者中有一位拿着饼干，强忍着笑。他微笑着朝妈妈点了点头。

傍晚，妈妈在我的休息室找到了正在陪乌尔丽克玩耍的我。我尽可能小心地和妈妈提起了今天她说的法语错误。她眯起眼睛看着我，然后从我的书架上拿起了一个花瓶。这是一个水晶花瓶，是芭贝特小姐送给我的礼物，现在里面插满了漂亮的玫瑰花。

"啊哈，所以你觉得自己更聪明？"妈妈说道。她走到窗边，微微探出头去，松手让花瓶掉了下去。过了几秒，我听到花瓶摔碎在楼下花园的声音。

---

① 原文为法语。"可惜（dommage）"和"芝士（frommage）"单词非常相似。

我感觉很心凉，难过得说不出话来。我只能慢慢把我的小妹妹拉到膝盖上，紧紧抱着她。

一个炎热的下午

那个新的画家，最后花了足足两个星期才完成了我的画像。在我不需要安静站在那里让画家作画的时候，这两位俄国使者就会试图和我进行各种话题的交流。他们经常在德语和法语间不停转换，因为他们想要测试我的法语是否足够流利，正如他们说的，法语是一门正式的宫廷外交语言。

妈妈一直同我们一起待在房间里，朝着我微笑点头，好像我能从她的眼睛里面找到正确答案一样。她假装自己懂我们的对话，但是我知道，当我们快速地用法语交谈时，她完全不知道我们在说些什么。

今天一大早，在太阳刚刚从水平线升起时，这两位俄国使者就骑马离开我们的城堡。我在楼上的窗口看着他们朝着俄罗斯的方向渐行渐远，他们的马和装着行李的马车在铺着鹅卵石的小路上发出咔哒咔哒的声音。

其中一辆马车上装着我的新画像。上面的画油都还没有干透，所以他们只能把画布固定在开口的板条箱里，以防擦到潮湿的画布。我突然想到，那些昆虫或者甲虫之类的虫子却有可能会掉到潮湿的画板上，毁掉我的样子。如果，最后到了俄国时，女皇却在肖像画上看到我的额头上粘着一只黄蜂，该怎么办？

我正坐在地上，抱着膝盖，担忧着这些可能性。地上的大理石让我赤裸的双脚感觉非常凉爽。花园里的小鸟正飞起来回到它们在屋檐底下的巢里。

一个叫声让我一惊。

"这姿势太糟糕了！"妈妈尖叫道，"站起来，丫头！不然我们又要重新再找一次绞刑执行人了。没有人想看一个可怜的驼背的德国公主。"妈妈深深吸了一口气，随后继续怒骂着，我想她紧身胸衣的扣子估计要绷得掉下来了。

她的话让我又害怕又反感。

现在是傍晚，我正趴在窗边的一个细长桌子上写字，这样我也可以感受到从窗外吹进的阵阵微风。飘进来的烤肉和洋葱的香味让我觉得肚子很饿。一个年轻的女仆探头进来，用法语告诉我开饭了。她一定是刚从法国来的，因为我以前从来没有见过她。我等下再回来写。

晚餐后

吃饭的时候，弗里德里克和我面对面坐在桌子的两边，我们的父母则各自坐在桌子的两头。晚饭是菠菜汤和涂了黄油的黑面包。我们的小妹妹一个人和她的女佣待在厨房用餐，女佣用汤勺给她喂饭。乌尔丽克身上乱糟糟的。她如果不喜欢大家喂给她的东西，就会都吐出来，然后拿手指把东西涂抹得到处都是。她总是引起这样的骚乱，如果再这样下去，妈妈永远不会让她进餐厅用餐的。

我很快就吃完了晚饭，这样我能尽快回到你身边，我亲爱的日记。房间里所有的窗户都是敞开着的，夜晚的微风依旧很热。我可以听到从村子那里传来的手风琴声音和人们欢快的笑声。他们一定在跳舞。虽然太阳已经下山了，但是天还没有完全暗下来，目前我还不需要点蜡烛。

继续之前的日记……我七岁的时候，在什切青的城堡生了一场很严重的肺炎。直到后来，我慢慢康复了，夫人们帮我用热水浸透的海绵擦背洗澡。她们替我穿衣服的时候，发现因为在床上躺了那么久，再加上不停咳嗽等等，我开始有点驼背了。我左边的肩膀比起右边的肩膀矮了一大截，镜子里面的自己，我看上去很像一个"Z"字。

我并没有觉得这有什么大不了的，但是我的父母却急疯了。他们本来就相貌平平的女儿，现在又成了驼背。他们背对着我轻声商量着什么，还要待女们发誓绝对不说出去。

如果菲琪的背都直不起来，她怎么可能嫁给王位继承人，做王后呢？我听到了他们的对话。一位王室新娘必须有正常挺拔的身姿。

他们不停地担忧烦恼着。

直到有一天，妈妈领了一个村民来到了我的房间。他手里拿着自己的帽子，向四周环视一圈，观察着房间的样子。他的帽子是黑色的，外套和裤子也都是黑色的。他的鞋子上都是泥，但是这是唯一一次，妈妈看上去并没有对这样的一个寒酸的造访者表达反感。

我不知道他来我的房间干什么，也不知道为什么妈妈会允许他这样盯着我看。

关于绞刑执行人

过了一会儿，妈妈带着我走到屏风后面，叫我把裙子脱了，套上一条宽大的直筒连衣裙，棉制的裙摆只到我膝盖。妈妈完全无视我的尴尬和害羞，推着我进到一间离窗户很近的房间，让我直接站在阳光底下。

这个男人审视着我，他甚至用他粗糙的手直接碰触我背上裸露的肌肤。我羞得要死，但是妈妈坚定的表情告诉我，我只能乖乖待在那里。后来我知道，这个人之所以可以到宫殿里面来，是因为他知道如何利用绳子和滑轮来矫正身姿，但是，这也是一个秘密的工作，不能为外人道。

第二天，他带了一副和我躯体一样大的框架回来。那东西看上去只不过是一个设计更复杂一些的紧身束胸衣，但是当他给我穿上把绑带系紧的时候，我几乎都不能呼吸。他又拿出一条黑色的厚绸带，绕着我的左肩包裹起来，之后又绕到我的右手臂，最后牢牢地固定在我的背后。我觉得自己像一个稻草人一样，动都不能动。在那之后，只有非常亲近的女仆才能来帮我穿衣服，帮我操作这个塑形的架子。我真的非常讨厌这个玩意儿！每个夜晚都很难熬，因为我怎么躺都不舒服，完全睡不着，每次都是要等到困极了才会在早晨到来前没多久睡上一小会儿。

日复一日，月复一月，我时时刻刻都要穿戴着这个架子，只有在女仆替我换贴身衣物的时候才能拿走。那个绞刑执行人之后来过几次，每次他来都会检查一下我的进展，对着架子做一些调整，大多数只是把它们调整得更紧。我很好奇，他在什切青的绞刑台上是不是也是这样绑绳子的。这样一个可怕的念头在我脑海中一闪而过，我都不敢直视他的眼睛了。

终于，在将近两年之后，他注意到我的脊柱已经变直了。就在我们出发坐船去基尔之前，我终于摆脱了这件矫正的塑形衣，我们把它扔进了火炉里。我的父母高兴坏了。终于，我终于见得了人了，能够去见我的表哥卡尔·彼得和其他王室成员了。

这就是为什么，当妈妈在今天下午提起这个绞刑执行人的时候我感到那么糟糕。

1743年8月27日，策尔布斯特

在去年的今天，我最喜欢的弟弟威廉，死于一场高烧。那个时候他只有十一岁，我十三岁。当医生轻声告诉妈妈这个可怕的消息时，她彻底崩溃了，瘫坐在地上。我记得当时妈妈非常爱威廉，也记得那个时候她倒在门廊处紧紧抱着她的贴身女仆，伤痛欲绝。这样的悲伤就像一件黑色斗篷那样一直围绕着妈妈。只要有人一提起我弟弟的名字，她的眼睛就会充满泪水，她就会逃避地转过身去。

威廉去世几个月后，我的小妹妹伊丽莎白——乌尔丽克——在柏林出生了。妈妈给她取了一个同俄罗斯统治者一样的名字。在早春季节，我们收到了一个用雪橇运来的来自俄罗斯的礼物。那是一个用钻石镶边的女皇伊丽莎白的肖像画，她现在是乌尔丽克的教母！

我不知道妈妈是怎么做到让女沙皇来做我妹妹教母这件事情的，但是这件事真的把她高兴坏了。

"终于，"妈妈说，"我们终于和真正的王室有联系了。"很明显，伊丽莎白女皇的这份礼物也暗示着妈妈她对我们家非常有兴趣。

可是为什么会选我呢？既然我长得丑而且又没有钱，女皇在考虑自己外甥未来新娘的时候，为什么会考虑我呢？

在上历史课的时候，芭贝特小姐向我解释了王室婚姻。"其实这只是政治，我亲爱的[①]。只是这是有真正的国王、王后和卒的国际象棋。"

我沉浸在这只是一场象棋游戏的想法中。"真

————————————

① 原文为法语。

的是这样吗?"我问芭贝特小姐,"那么,我只是一个卒?"

"我们等着事实来说话吧,"她耸了耸肩,将手掌向上,摆出了那个最迷人的法式姿势,"俄罗斯的女皇没有丈夫,终身未嫁。她迫切想要皇位留在他们家族的手里。因为那个可怜的小卡尔·彼得是她唯一的继承人,她必须为他找一个妻子。这样的话,当他们有了孩子,皇位也就有了继承人。"

看到了我脸上失望的表情,她又紧接着说:"我知道,我亲爱的[①],我知道。这个的确一点都不浪漫,不过呢,哪怕是法国王室,他们也是这样的,只以政治为先的。"

睡觉前

芭贝特小姐刚刚进来,拿给了我一支很短的蜡烛,大概只有一英寸长。这样一来,我今天晚上没有蜡烛来熬夜了。

---

① 原文为法语。

妈妈命令我要多睡觉。"女皇不会喜欢一个脸上挂着黑眼圈、弱不禁风的女孩,"她还说,"卡尔·彼得的妻子必须十分健康。"

这条新的规矩让我想起了那次妈妈拿走了我所有的娃娃和玩具。当时我只有七岁。她说我已经是大女孩了,所以不应该再需要这些没用的东西了。

说实话,那些娃娃对我已经没什么大吸引力了。本来它们瓷做的脑袋一碰就会坏,黑色的小鞋子很容易掉下来。但是我觉得很奇怪,妈妈为什么反而会要我嫁一个整天就爱玩那些锡做的士兵玩偶,说话也很粗鲁的人呢?

我不得不承认,虽然卡尔·彼得很讨厌,我还是相信自己可以忍受做他的妻子,因为,"皇后"这个头衔在我听来实在太吸引人了。哎呀,既然我现在只是一个小卒,我必须要自己努力,想尽一切办法接近那个王位。

当我把这个想法告诉芭贝特小姐的时候,她认为我作为一个才十四岁的女孩,真的非常有野心。不过,对于这样的现状,我想到了一个更好的词来形容：实际。反正我怎么样也会结婚，与其和没有前途的人结婚来让家族蒙羞，那么还不如嫁入王室给家族增辉。

蜡烛用完了。

1743年12月31日，策尔布斯特

我已经有整整四个月没有写日记了！

亲爱的日记，我以为自己已经永远失去你了，直到刚才芭贝特小姐把他们今天早上刚在阁楼找到的我的礼帽盒拿来我房间给我。

整件事情说来话长，是这样的：

今年夏天的一个下午，在日落时分，我和弗里德里克跑去花园里，在西边的墙角乘凉。因为太阳西射，那里有大片的遮荫地方可以玩。我们发明了一个游戏，用粉笔在石头上写字。仆人来喊我们回去吃饭，我回到了自己的房间，却发现我衣橱的门开着。一开始我也没太在意，直到后来我意识到我的礼帽盒子不见了，里面还有我的日记！我吓傻了，差点接不上气来。

妈妈下令搜查。从厨房的帮佣，到打扫房间的仆人，每个人都被盘问，但是却没有人承认看到过我的盒子或者有听到过什么可疑的声音。

芭贝特小姐给了我一本信纸簿好让我继续写日记，但是这个感觉和以前不一样了。信纸簿没有封面，也没有绑带把所有的页面都合起来绑好。另外，我也一直在想，万一，他们找到了我的日记本呢？可是，过了几个星期，秋天带来了落叶和寒冷的晚上，然后冬天带来了第一场暴风雪，最后圣诞节来了又过了，我的日记本还是不知所踪。

可是就在今天下午的时候，在我们即将迎来的新年的前夕，他们抓到了那个偷乌尔丽克银制汤勺的年轻的法国女仆。她把汤勺偷偷藏在自己的围裙口袋里，然后急匆匆地跑去了阁楼。殊不知，正好有两个佣人看到了这一切，并且尾随她到了楼上。正当他们通过大厅间小小的门廊走进阁楼时，他们发现了这个女仆之前偷盗的其他东西。我的礼帽盒，和一堆其他的首饰都堆在那里。他们还找到了妈妈的胸针、耳环、蕾丝领子、丝织长筒袜和手套、银饰，还有一个金色的高脚杯。

一直以来，妈妈以为东西只是放在了她找不到的地方。

妈妈马上解雇了这个女孩，当然，在赶她走之前，她也在大厅里接受了鞭刑。所有的仆人都被召集到大厅旁观。我能听到走廊里回响着她尖叫痛哭的回声，但是我的心很冰冷。就在这个时候，我翻了日记本的前几页，上面清晰地留下了脏手的痕迹。

她看过我的日记。

1744年1月1日，策尔布斯特

现在已经是晚上十一点了，可是我一点都睡不着。雪渣被大风吹打在我的窗玻璃上。一场强烈的暴风雪在几个小时前来临，持续到现在。哪怕暴风雪让我的房间更加寒冷了，我还是宁愿让百叶窗开着，这样我能看到窗外的景象。

一直到傍晚，今天一整天爸爸和妈妈都待在书房里。期间，访客们陆陆续续来了又走。每一次他们都把大门紧紧关上，所以我完全偷听不到。走廊里到处都是访客带进来的泥泞。最后，妈妈命令我回房睡觉，好在芭贝特小姐给了我一整支蜡烛，这样我能写很久日记。

所以，现在我开始熬夜写日记了。今天的事情是这样的：

就在我们刚吃过晚饭，等着上甜品的时候，一个邮差从柏林带来了一包信件。他的外套上积着厚厚的一层白雪。

爸爸把包裹外面的绳子拆看，看了一眼信封。他被其中一个信封上的手写字体吸引住了，斜眼看了两眼，不由自主地抬起了眉毛。他将这个信封递给妈妈。

我试着靠近妈妈，发现信封上的字迹是一个和妈妈通信很多年的俄国大公的。上面写着：*私人信件！非常紧急！出身高贵的安哈耳特—策尔布斯特的约翰娜·伊丽莎白公主亲启*。

妈妈拆开紫色蜡泥上的封蜡章，展开羊皮纸，这封信居然有十二页！然后她开始全神贯注地读信。

我尽可能地靠向妈妈，然后我看到了一些句子："……带上公主，您的大女儿……"我深深吸了一口气，大公在信中提到了我。

"菲琪，"妈妈说，将信面朝下放在桌子上，"回到你的房间去，立即，马上！"

胡思乱想中……

现在已经是午夜了，大厅里的那个橡木站立式大钟已经敲了十二下了，可是我却感觉这十二下钟声，今天敲得特别慢。

外面的暴风雪已经停了，透着窗户我能看到外面，一直能看到楼下院子的情形。院子被烛光照得通红，看来爸爸妈妈还没有休息，他们究竟还在说些什么？

我感觉也许是伊丽莎白女皇召唤我和妈妈入宫。也许我的肖像画最后完好无损地到了俄国的官殿，也许她很满意我的长相。在我的内心深处有着这样的一个感觉，她决定了让我嫁给彼得，做他的新娘。

明天，我一定要求妈妈告诉我，信里的内容到底是什么。

1744年1月2日，策尔布斯特

妈妈总是避着我，只字不提。如果这个真的是我猜的那样——也就是说那封信真的和我有关——那么为什么她什么都不说呢？为什么她要选择让我什么都不知道呢？

我真的很受挫！难道她不知道，只要她回避我，我就会变得非常焦躁吗？

1744年1月3日，策尔布斯特

雪不停地下。庭院的地上覆盖着厚厚一层积雪。绝大多数的时间，我都待在自己的书桌边学习。但是今天，我纵容自己小小放松了一下，分心看看窗外。楼下发生的事情让我心情愉悦……在之前的几个小时里，有三个男孩年龄的侍从，拿着铁铲在楼下，他们本应该在庭院里清理积雪，清理出一条小路通到外面的大路的，但是扫着扫着，他们就开始打雪仗了。

芭贝特小姐站在我的身边，也在看。她和我一起看着他们笑了起来。"法国男孩、德国男孩，管你从哪里来的，都一样！"她说，"一个男孩的活干完了，另外两个才干了一半，但是他们三个现在什么都不干，就在那里淘气。"

吃早饭的时候，妈妈把橘子酱涂在面包上，她挤出笑容朝着我点点头。我误以为她在鼓励我，于是我就问了她那封信的事情。

"嘘！"她说着放下手里的小刀，打了我的手背。

我被打得很痛，差点要哭出来了。可是，我还是强忍着眼泪，提前离开了饭桌。

之后上语法课的时候，弗里德里克带着他的课本来到我的房间，这样我们可以一起学习。他的法语进步很快，虽然他还是喜欢和我用德语交谈。毕竟，对他来说，用自己的母语表达自己的想法会更容易。但是于我，讲法语就像呼吸那样自然。

"菲琪，"他说，"你直接去妈妈的房间问她，哪怕这会让她生气。不要一直等着她来告诉你。"

我打开他的课本，翻到讲动词的那一页，递给他一支铅笔。他年轻的脸庞看上去朝气蓬勃，充满希望。我只是没有告诉他，我怕妈妈。每次她一生气，我就紧张得要死。

后来

如果有朝一日我成了皇后，我一定要颁布一个法令，父母不可以责打自己的女儿，也不可以用沉默来折磨她们。我的妈妈一直都很刻薄。但是当我尝试去理解她时，我发现，她对权力的渴望让她变本加厉，越来越刻薄。

1744年1月4日，策尔布斯特

今天一大早，我做了一件有史以来最大胆的事情。我敲了妈妈的房门。一听到她说"进来①"，我就走了进去。

"妈妈，请告诉我信里面到底写了什么。"我说。

当时，她正坐在床上，喝着早上的第一杯茶。她棕色的头发自然地垂落在肩上，我不由得感叹，她的样子真美啊，如果我能有她十分之一的容貌就足矣。她将杯子放在餐盘上，对着我说："菲琪，既然你那么聪明，那么你来告诉我，信里面写了什么。"

我像一个拿到题目的小孩子那样，离开了她的房间，继续琢磨这件事情。午饭后，我带着一张对折了的纸条去找妈妈。在纸条上我写了十一个字。

"菲琪，所以，你认为是什么事情呢？"她问我。

窗帘拉着，冬天微弱的阳光从窗户斜射进来，洒在地板上，照在妈妈正坐着的天鹅绒椅子上。她的女佣正在帮她梳头。

我打开纸条，用一个平静的音调读出了我写的这十一个字："我将成为彼得三世的新娘。"这真的只是一个大胆的猜想。但当我抬头望向妈妈的时候，她的

_____

① 原文为法语。

脸色惊得发白。她挥手屏退了女仆。等到女仆出去关上大门的时候，她转向我。

"你是怎么知道的？"妈妈厉声问道。

如果我实话说那只是我乱猜的，她一定会骂我傻瓜。所以，我选择什么都不说。过了一会儿，她懊恼地大大叹了一口气。

"好吧，我告诉你。两天以后，你、我和你爸爸，我们会启程去柏林觐见腓特烈国王。他会考察你。菲琪，我们一家的荣誉和未来，都将维系在你身上了。你到时的表现会关系到一切。毕竟，你并不漂亮，所以只能靠智慧和魅力了。"

我尽可能保持冷静，不流露一丝情绪地问她："我们会离开多久呢，妈妈？"

她倾身向前，用手托着我的下巴。"接下来我说的内容，你一个字都不能说出去，谁都不能告诉，不能告诉你的弟弟，也不能告诉芭贝特小姐，明白吗？"

我点了点头。她在担心什么？她担心要是别人知道了真相，他们会试图说服我逃跑，从而打破她的计划？

"如果国王认可了你"——她特别强调了"如果"——"那么我们两个就会坐着雪橇离开普鲁士，直接去圣彼得堡，去觐见伊丽莎白女皇。路上我们会乔装化名，以免有人试图绑架你。她选中了你，我可怜的女儿，去做彼得的未婚妻。除非你把事情搞砸了，不然你们两个就会结婚，有一天你们会一起统治俄罗斯。两千万民众将会臣服于你，菲琪。"

说到这里，妈妈笑了。

爸爸的警告

妈妈的话依旧伤人，特别是她反复强调我并不漂亮的时候。

但是她的讯息大大的鼓舞着我。俄罗斯！大公的信并没有提及正式的婚约，他只是提出了女皇召见的邀请，但是这已经带给了妈妈足够大的希望，对于我们家族未来的希望。长久以来，她一直都那么渴望和真正的王室有联系。

她试着告诉大家，我们去柏林的旅行稀松平常，只是受邀觐见国王腓特烈。我们会在几个星期后就回到策尔布斯特。

今天早上我正在书桌边学习，爸爸走了进来。他靠着石柱，坐在了大理石的基座上。他紧皱的双眉告诉我他很担心。

"爸爸，你怎么了？"

他深深吸了一口气，脸慢慢松弛下来，温柔地看着我。"俄罗斯是一个野蛮的国家，我的女儿，"随后他说道，"如果你惹恼了女皇，她随时有可能下令割掉你的舌头，把你扔到西伯利亚——这个世界上最寒冷，环境最恶劣的地方。就像她对安娜·利奥波多芙娜公爵夫人那样。现在你我坐在这里，而就在此刻，公爵夫人正在最糟糕的环境里忍受饥寒。而且，她再也不能多说女皇任何流言蜚语了。"

爸爸压低声音。"仔细听我说，我亲爱的孩子。永远不要试图和皇亲讨价还价，永远不要和你的女仆或者夫人吐露心声，也永远不要干涉朝政以免内阁对你产生不满。你一定要做到圆滑，让每个人都满意。菲琪，如果你真要记住些什么的话，那么就千万记住：你在俄罗斯说的任何话都有可能被人曲解，并且成为他们反过来针对你的把柄。"

我放下手中的笔，问道："这个是什么意思？"

他转头望向窗外。随后他从外套的口袋里拿出一本小册子，放在大理石基座上。"这里的内容很重要，你一定要认真读，"他拍了拍封面，"这是一个德国神学家写的，里面解释了东正教的错误理论。"

"爸爸，接着说。"

"菲琪，女皇会逼迫你改信她的宗教，就像她对卡尔·彼得做的那样。去年，她已经安排了彼得遵从东正教的习俗典礼重新受了洗礼。现在，他变成了彼得·费奥多罗维奇大公，罗曼诺夫王朝的继承者。很有可能，她也会给你改名字。她的信仰，和我们所相信的路德教的教义相差甚远。"

"如果是那样的话，我会向上帝祷告，祈求他的宽恕。"我回答道。

爸爸笑了。"我的女儿，你是个勇敢的孩子。如果你最后真的嫁给了这个女人的外甥，那么你的人生将会变得非常艰难。她的残暴无情远近闻名。而且，如果她会活很久的话，你将一直都被她所压制，任她摆布。你的青春岁月将会消磨在无尽漫长的等待中。的确，你将需要上帝的帮助。"

我从椅子上跳下来，搂着爸爸的脖子抱住他。他的衣服上有好闻的烟斗烟草的味道。他紧紧把我抱入怀中，好像他想就这样抱着我再也不松手一样。躲在爸爸怀抱里的时候，我在想，当我远离家园，用一个新的名字，说一种新的语言，所有的事情都变得陌生的时候，生活会是什么样的？

那一瞬间，我好想永远做爸爸的小女孩，永远也不离开他平静安全的王国。

对于我可能需要等上二十多年才能登上俄罗斯女皇宝座的这件事，选择避而不谈。二十多年！

策尔布斯特——开始整理行李了

弗里德里克看到我的箱子开着，跑进来重重地拥抱了我。

"我再也见不到你了。"他哭了起来。

"弗莱迪^①，没有这么回事，"我说，"柏林离家也就几天的路程。我马上会回来的。"我好气自己必须骗他。我的弟弟，是我最最亲密的朋友。但是不知道他从哪里听到的消息，无论我怎么安慰，他总显得很不安。

即便是芭贝特小姐，今天晚上离开我房间的时候，眼睛里也带着泪水。

我的箱子里面并没有什么可爱的东西。羊毛袜子、衬裙、头巾、白色的裙子、各种颜色的罩裙、参加庆典时戴的帽子，还有这本日记、备用的鹅毛笔和墨水。我还带上了德语版的《圣经》，里面用红笔画上的是这些年来我牢记于心的诗篇。

虽然前两天我感觉自己充满了勇气，这些天我却不这么觉得了。女沙皇和我父母之间的婚约，必须经由国王腓特烈的认可。现在，他就将要评估我了，审视我是否适合嫁入俄罗斯皇室。一想到这个，我的喉咙就冒火。

我没听错吧，妈妈说到圣彼得堡要五个星期的

① 弗里德里克的昵称。

47

路程？

　　五个星期……我们要坐着雪橇横跨这片冰封平原五个星期！

柏林

　　前几天发生了好多事情。

　　告别芭贝特小姐真的很难过，我们两个都哭成了泪人。弗莱迪紧紧咬着嘴唇，强忍着眼泪。最后他还是没忍住大哭起来，转身跑回大厅，一路上还撞到了我们放在地上的行李。乌尔丽克被保姆抱着，完全不知道发生了什么。我吻了吻我妹妹肥嘟嘟的小手，随后转身坐进等在那里的马车。

　　今天是1月10日，我完全不敢回忆前几天的情形。

傍晚，外面正在下雪

　　现在我正在普鲁士国王腓特烈二世宫殿楼上的豪

华套房里。一位女仆正站在门口等着我。今天是我来到这里的第二天了，这两天我都一个人用餐，他们会将食物用餐盘装好拿上来。国王已经捎来口信，他已经迫不及待想要见我，邀请我和他一起共进晚餐了。但是妈妈却一直婉拒，说我正在生病。

妈妈为什么撒谎呢？

因为我实在没有得体像样的衣服！

见识了国王陛下如此富丽堂皇的宫殿后，妈妈觉得我带来的衣服根本穿不出去。

"你不能穿成这样就去见国王陛下。"她说。

在柏林的第三天

直到腓特烈国王问妈妈，我是不是一个弱不禁风或者见不了世面的孩子时，妈妈才不得已吐露了真正的原因。

不久，女仆们就送来了一条长裙，是国王姐姐的裙子。这条裙子上是层层叠叠的织锦和绸缎，裙摆的外围还镶嵌着珠宝。怪不得裙子那么重，需要两个女仆才能搬得动。

就在我写日记的时候，一位夫人用发夹把我的头发盘起来，另一位则将一条珍珠宝石项链戴在我的脖子上扣好。冰冷的宝石接触到我脖子上裸露的皮肤，冷得我哆嗦了一下！一个年纪轻一些的女孩子，正在帮我穿鞋子，这就是为什么现在我的字迹看上去那样歪歪扭扭了。都不用低头去看，我就知道这双鞋子一定是用最好最软的皮革制成的。

现在，女仆们开始给我穿这条蓝色的长裙。在脖子和腰部这里有一圈银色的狐狸毛……天哪，这条裙子真是太漂亮了。

妈妈正走进房间，并命令我把日记拿走不要写了。

睡觉前

她们帮我梳妆打扮换衣服，一共花了三个多小时，三个小时！等我终于穿戴完毕站在楼梯最高那格台阶上时，我尽可能地把头抬高。沿着楼梯一路往下走的时候，妈妈一直跟在我的后面，她用手指不停顶着我的背，好让我站直。穿着这么重的礼服，衣服所有的重量都压在我的肩膀上，我根本很难挺胸站直了走路。

我被一位长得很高、穿着非常得体的男士领进王后的接待室。他穿的裤子是蓝色天鹅绒的，在膝盖有一排扣子扣紧，还穿了一双白色的长筒袜子。当我们一路通过长廊时，他黑色的高跟靴子踏在镶嵌着瓷砖的地板上，铿锵有力。

让我没想到的是，一路上，所有见到我们的人——无论是夫人们的女仆、差使，还是侍从——在我们经过的时候，都朝着我们鞠躬行礼。我认出了布伦兹维克的费迪南公爵，因为他经常来拜访我的父母。当他手臂抱胸，向前深鞠躬并说"陛下"的时候，我才意识到，原来是国王陛下亲自护送陪同我进入宴会大厅。

突然，我紧张得话都说不出来了。

国王身型高大，带着与生俱来的高贵气质。他戴着白色的假发，卷发一直垂到肩上。当他弯腰亲吻我的手背时，我看到了他假发上爬动的跳蚤，刺鼻的润发脂的味道扑鼻而来。

先写到这里，等我找到蜡烛后再继续。

继续……

到了晚宴时刻，又一次出乎我意料，我被安排坐在国王的身边。爸爸被领着坐在别的桌子。我也看到妈妈的位子被安排在另外一桌，同一群带着假发的夫人们坐在一起。妈妈脸上飘过一丝不高兴的表情，我猜，她一定对没有把她安排在国王这一桌非常不满。

用餐期间，腓特烈国王问了我数不清的问题。他的问题涵盖了方方面面，各种话题——诗歌、戏剧、舞蹈，还有喜剧，他特别聊到了莫里哀的剧作《贵人迷》①。（谢天谢地，还好最近我和芭贝特

① 原文法语。《贵人迷》是莫里哀后期重要作品。主人公汝尔丹是一个醉心贵族的资产者，贵族的一切便是他行动的标准，他公开声称，宁可少两个指头，也愿意生下来就是贵族。他心甘情愿借钱给没落贵族，受人欺骗。他宁愿改信伊斯兰教，也要混个假的外国贵族当当。其时路易十四的宫廷极其豪华煊赫，贵族阶级飞扬跋扈，富有的资产阶级纷纷攀附贵族，企图挤进贵族阶级。《贵族迷》对这种资产阶级的庸俗心理进行了无情的讽刺。

小姐一起读过。）一开始，我非常害羞，不敢说出自己的想法，我压根不敢想象，为什么一位国王会对我的想法感兴趣。但是腓特烈国王表现得非常真诚。当我的第二道主食摆在面前时，我已经逐渐放松下来。

渐渐地，我们俩像一对老朋友那样相谈甚欢。

再一次，我看向我的妈妈。她和她们那一桌的夫人们都带着不可置信的眼神看着我。她们难以相信，普鲁士的国王和一个十四岁的女孩能有什么好聊的，竟那么投入。

晚餐的时间远比穿衣打扮还要长——四个小时！

现在，我正穿着自己的睡袍，我终于开始理解今晚这场宴会的目的。国王陛下在我们用甜点的时候，悄悄告诉我——我又一次闻到了他假发上刺鼻的味道，看到了那些虫子——再过没几天，他就会送我回什切青。

但是我的马车并不会入城。这么做只是为了瞒过柏林众人的眼睛。在什切青我们只会放下爸爸。然后妈妈和我会一路往东。

到俄罗斯去。

另外

明天，我必须把这条漂亮的礼服和鞋子还回去。这让我想起了之前芭贝特小姐用法语念给我听的那个关于灰姑娘的故事。直到午夜钟声敲响前，她都是那么光鲜漂亮。可是当午夜钟声敲响，她的马车就变成了南瓜，漂亮的裙子又变回了破布。

亲爱的日记，今晚，当我看着镜子里的自己时，我真的再也看不到从前的那个丑小鸭了。有史以来第一次，我看到了镜子里是一个真正漂亮的公主。

离开普鲁士

妈妈和我现在正在一个破败的邮局小驿站里，房间里都是厨房火炉烧出的烟灰——这里甚至都算不上是客栈。妈妈已经躺到一个吊床上了，她说我可以写日记，一直写到蜡烛燃烧完。

噢，我亲爱的日记，我本来以为告别我的弟弟和芭贝特小姐是我做过最困难的事情了，其实却未必。几天前，我们从柏林一路向北前行，马车停在了施韦特的镇上。这里是奥得河畔的什切青的南部。我们在这里稍作停留，只是为了放下爸爸和他的行李。一个马夫和一辆雪橇正等着载爸爸回到我们的城堡。

我探出车窗，环住爸爸的脖子开始哭泣。他紧紧地抱住我。

"菲琪，"他在我耳边说道，"我会一直爱着你。记住要读你的《圣经》，记住路德会的教义。"

"我会的，爸爸。"直到我们的车夫调转车头回到大路，朝着空旷田野驶去时，我的脸上还挂着爸爸的眼泪。

现在我们待的这个房间非常冷，一点暖气都没有。楼下是一个小酒馆。透过地板的缝隙，我能清楚地听到楼下那些每个晚上都来喝酒的男人们的大笑声。我不知道妈妈怎么睡得着。她把头埋在枕头下面。可是我不会告诉她，我都能看到小小的白色虫子在床单上爬行。

虽然我们已经上路好多天了，但是这是我们迄今第一个能躺在床上休息的停留。马车夫一直都昼夜不歇地赶路，只会在换马或者让我们女士借用农家厕所的时候片刻停留。我们的路线横穿无人之地，周围没有城市能让我估计距离。晚上的夜空，是我有生以来见到过最黑的夜空，数亿星星在夜幕里闪烁。而我们的马车夫们也完全凭靠着这些星星来辨识他们前行的道路。

一路上跟着我们的有四辆马车，每辆马车有六匹马来拉动。和我们一起的，有妈妈的管家、她的近身侍女、四个女仆、一个男仆、一个厨师，还有几个随行的侍卫。

妈妈的伪装身份是莱恩贝克伯爵夫人。她对带着秘密上路这件事兴奋不已，这也是能让她忍受这一路上艰难辛苦的唯一一件事情了。可是我的名字却如此隐秘，她只字不肯透露。

现在，楼下的男人们开始唱歌了。哎，我的蜡烛也熄灭了……

路上，不知何处

　　周围是白雪茫茫的一片。没有山峦，没有小丘，没有城市。我已经记不清我们出发了几天了，妈妈说我最好还是不要去记时间了。貌似等我们一旦穿越边境到达俄罗斯，日期就会从原先的格里高利历①转换成罗马儒略历②，这样就会比欧洲晚十一天。或许，这是一个象征——我也不知道究竟象征着什么。

　　天气实在是酷冷难耐。妈妈和我身上都包裹着皮草，我们把衣服拉高，把脸躲进衣服里，不让风吹进

---

①　格里高利历是公历的标准名称，是一种源自西方社会的历法。它先由意大利医生、天文学家、哲学家、年代学家阿洛伊修斯·里利乌斯（Aloysius Lilius，约1519—1576）与克拉乌（Christophorus Clavius）等学者在儒略历的基础上加以改革，后由教皇格里高利十三世于1582年颁布。而公元即"公历纪元"，又称"西元"。

②　罗马儒略历（Julian calendar）是儒略·恺撒（Julius Caesar）在公元前46年所制定的一个官方的365天的历法。它取代了基于月运周期的历法。罗马儒略历规定了每四年多出一天的闰年。这样，罗马儒略历的一年包括平均365.25天。尽管如此，到公元1582年以前，罗马儒略历都与季节周期相差10天。1582年，罗马教皇十三世下令调整，从日历上减去了10天。新的公历（Gregorian calendar）每一百年减去一个闰年，除非年份能被400整除。

来。虽然我们的马车也覆盖着隔热的材料，可是寒风还是从车门车窗的缝隙里钻进来。我们的脚边放了一个很小的火炉，可是每次在驿站加完炭后，它也只能支撑一个小时。

先不写啦。在一个运动的马车里写字真的非常困难，看看纸上洒得到处都是的墨水就知道了。

另一个早晨

趁着车夫拴马的间隙，我赶紧来写一下日记。

昨天晚上我们是睡在邮局局长自己房子的地板上的。房子里面一直有各种骚动和声音，我根本就睡不着。这些声响倒也不是之前的那些酒鬼的笑声或者唱歌的声音。邮局局长和他的夫人，两个人睡觉都打呼噜！他们的几个孩子和他们一起挤在一个床上，中间还有一个哭了一整晚的婴孩。借着微弱的炉火，我还能看到几只猫咪的影子——两只、三只，或者是四只？——它们在房间里四处走动。这家人的看门狗躺在门边。每当我差不多要睡着了，它就会一下子狂哮起来，随后伴着喉咙里发出的咕噜声，好像门外有陌生人鬼鬼祟祟徘徊一样。夜晚非常难熬，长夜漫漫，黎明好像永远都不会来。

今天早上，妈妈的侍从们个个都神清气爽，精神抖擞，看来他们昨天晚上休息得很好。他们昨晚在马厩休息，周围都是大型动物。他们只能用干草做床铺来休息。妈妈觉得，*他们那样才是在受罪的*。但是下一次，我一定会要求和他们一起睡马厩的，不管那里会有多冷。

房子的女主人刚刚为我递来了早餐，有一小片燕麦面包和一杯热茶，她实在是太好了！周围实在太喧闹了，我只能把日记放下来搁一边了。

格兰

这个邮局驿站和以前我们遇到的那些一样简陋。现在，我正坐在火炉前的一个脚凳上，我只有几分钟的时间可以写日记，没过多久，我们就又要回到马车上出发了。

昨天晚上，我们在路上看到了一颗彗星。它不像流星那样一闪而过，看上去它离地球很近，挂在天上，像一只有一根很长白色尾巴的小鸟。昨天一整晚——我又是彻夜难眠——我在冰冷的房间里不停地爬起来，跑到窗外去看看那颗彗星是否还在那里。但是彗星的轨迹和星辰很像，每个小时你只能感觉到它非常小的挪动。当地的村民说，彗星已经在那里好几天了，他们中的很多人都吓坏了，他们觉得这是一个不好的征兆。

继续上路

今天早上，我们在米陶①休整了一个晚上后，马车终于回到了大路上。米陶是一个非常古老的城镇，还好他们的客栈没有跳蚤。虽然我必须和妈妈挤在一个吊床上睡，但是我们两个都睡得很沉，早上醒来的

---

① 米陶是库尔兰的首府。库尔兰是位于现在拉脱维亚西部的一个旧地名。在十六世纪到十八世纪期间，库尔兰地区曾经存在一个有波罗的海德国人建立的小国，库尔兰公国。十八世纪以后，库尔兰先是一度被瑞典占领，后又成为俄罗斯帝国的一部分（库尔兰省）。

时候觉得充满了能量。

等我们起来后，一位俄罗斯军官已经在外面等着见我们了。维埃科夫上校现在正陪同我们一起坐马车前往里加①，就在当下，他正坐在妈妈的旁边。他留着浓密的大胡子，脸颊泛着红润的色泽。在我看来，他是世界上最有耐心的男士了。因为他已经耐心听了三个小时妈妈的抱怨了，从米梅尔到米陶之间没有像样的驿站，到她睡在地板上背有多疼，从一路上她吃的食物有多糟糕，简直难以下咽，到各种没完没了的牢骚。

维埃科夫上校偶尔会朝我眨眨眼睛，好像告诉我他理解像我妈妈这样的女人，他对妈妈那些刻薄的评论并不生气。起码，我希望他是这样想的，因为听到

① 里加是拉脱维亚的首都，也是三个波罗的海国家（立陶宛、拉脱维亚、爱沙尼亚）中最大的城市。位于波罗的海海岸边，道加瓦河口。里加在1621年受到瑞典国王古斯塔夫二世的统治。在1656年至1658年的俄罗斯—瑞典战争中，里加受到俄罗斯的攻击。直到1710年，里加都是瑞典最大的城市，并且保持自治的地位。不过在1710年，在大北方战争的影响之下，里加受到沙皇彼得大帝的侵犯。俄罗斯与瑞典后来签订尼斯塔德条约，这也象征瑞典统治时期的结束，俄罗斯霸权的开始。因为尼斯塔德条约，里加成为俄罗斯帝国的领土，变成一座工业化的港口城市。这样的状态持续到了第一次世界大战结束。

妈妈的这些话，我都感到非常窘迫。

我的墨汁又洒出来了！不过好在妈妈正忙着说话，完全没有注意到滴在我裙子上的墨点。上校说，里加有一个很大的城堡，到时候我会有自己独立的房间和床来休息。"而且，会有惊喜哦。"在我们爬进这辆马车时，他用法语轻声同我说。

老实说，我现在真的是累坏了。我一点都兴奋不起来。连续这么多个星期赶路是非常筋疲力尽而且单调乏味的。所谓的洗澡也只是用冷水洗一下脸，而且也没有时间洗衣服。如果妈妈再抱怨一遍她的汤有多稀，只要她再说一遍，我可能就要抓狂尖叫了！

透过车窗，我看到外面一望无际的一片白茫茫。我想起了我的弟弟弗里德里克和我们的婴儿妹妹乌尔丽克。

他们有没有像我这样想念他们那样来想念我呢？

有没有那么一刻，妈妈会想起她其他两个孩子吗？

俄罗斯！

1744年1月底

　　终于，我们抵达了位于波罗的海的里加。我现在正坐在城堡图书馆里，在书桌上写字。旁边就是窗户，窗外望出去，是结着冰的海岸。港口停靠着帆船和渔船，不过从我这里看过去，它们目前还都冻在冰面里。一个女仆过来告诉我海另一边的大陆就是瑞典，不过从我这里是不可能看得到的。

　　关于惊喜，维埃科夫上校说得没错。一路上，我和妈妈在马车上已经昏昏欲睡了，一连串礼炮声把我们惊醒——这是欢迎我们的礼炮！镇子上的人都聚集在道加瓦河的两边欢迎我们，还有里加的副市长，皇宫的陆军大元帅，他在介绍时说得太快，我现在都念不出也拼不出他的俄罗斯名字。他们送给了来自伊丽莎白女皇的礼物：一条黑色貂皮的斗篷，他们叫做皮袄；还有一条披肩，是一条貂皮做的方巾，披在肩上，就像一条长围巾那样。这真的是我穿过最漂亮、最暖和的皮草了!

妈妈和我待在各自的房间更换新的衣服——虽然还是借的——因为我们的衣服都拿去清洗了。透过壁炉架上的镜子,我端详了自己的样子,我的脸色看上去很红润。我觉得自己不再是几个月以前的丑小鸭了。

一个女仆拿进来一些干净的毛巾……我等一下再继续写。

晚上睡觉前

这是我们在里加的第二天。在妈妈和我沐浴更衣后,我们被领到楼下的宴会大厅。迎接我们的是小号手和众人正式的宫廷鞠躬!我惊讶得屏住呼吸,妈妈满面红光,她现在一定乐疯了。

"看来八九不离十了。"等我们落座准备晚宴时她在我耳边轻声说道。桌子上放满了银色的餐具,还有许多我从来都没有见过的食物。乐师们穿着高雅的礼服为我们用定音鼓、长笛还有圆号演奏。

虽然我们现在身处俄罗斯，周围我听到的还是法语和德语。这一整个晚上，我脑子沉浸在各种奢华中。就在前不久，女仆给我拿来了睡衣，是用亚麻编织的，边上都是蕾丝。还有拖鞋，上面也都是柔软的兔子毛。她让我再写五分钟，因为已经很晚了，我必须睡觉休息。

明天我们就会出发去圣彼得堡，在那里等着我们的是伊丽莎白女皇。

我脑海中总有一个念头让我紧张。伊丽莎白女皇，她是这里最有权威的女人——她可以，随时随地，对任何人，做她想要做的任何事情。如果村民们的话是对的呢？如果我们看到的彗星，真的是一个不祥的征兆，那该怎么办？

坐上皇家雪橇

要到圣彼得堡还要好多天的路程。但是，噢，我和妈妈现在的旅行终于舒服了好多。

这个雪橇——我管它叫皇家雪橇——实在太豪

华了。它是伊丽莎白女皇特地派来在里加为我们准备的。好在有她的安排，我们现在穿着貂皮外套和披肩，感觉暖和极了。鲜红色的窗帘上点缀着银色的图案，挂在车窗上，把大风完全挡在了外面。我们正靠在柔软的毛毯床上，上面放了很多用皮草和绸缎做的靠垫。

马匹漫步行走在雪路上，我可以听到它们身上铃铛发出清脆悦耳的声音。一路非常平稳，我完全可以在路上写日记，也不用担心颠簸会把墨水洒出来。女皇陛下这一路奢华的安排让我稍微安心了一点，虽然我觉得还是不能排除她从我身上找茬，把我送回家的可能。

哦，妈妈正递给了一个装满我们午饭的篮子。

用过餐后

亲爱的日记，我一定要把我们这一路的随从都记录下来：

一中队骑兵，穿着胸甲和皮草斗篷，一路走在最前面——我们管他们叫护卫队。另外，骑在所有的马背上——一路护送在马车左右或者马车后面的——是皇家士兵和两个掷弹兵，他们都是熟练使用武器的专家。

另一辆马车里坐着三个厨子、六个侍从、一个管家和一位皇家侍从官。还有一个专门派来为妈妈准备咖啡的和一个准备红酒的助手。还有两个男人——毛皮工匠——专门在我们身边帮我们打理我们身上的皮草。

坐在我们的马车里，和我们一起上路的是陆军大元帅纳瑞尔斯基先生——他特地把自己的名字拼写给我看——他以前是俄罗斯驻伦敦的大使。他说的法语很难听懂，因为当中混杂了很重的俄罗斯口音。

我望过去看到妈妈靠着一堆靠垫在休息，可以看出来她很满足。当我提到说我很想念爸爸，很希望他也能和我们在一起的时候，她对着我微微一笑然后转了一下眼睛。

"你也想他吗？"我问妈妈。

她拉开一边的窗帘。明亮的阳光从外面照射进来，外面是暴露在狂风中的平原。她往窗外看了一小会儿，然后放下窗帘，却不回答我。

毫无疑问，这一次的旅程，比起我，对妈妈反而有着更重大的意义。一直以来，她都抱怨着爸爸微薄的财产，没有什么王室背景。她一生最大的渴望就是奢华的生活，财物还有名誉。

不知怎么的，我心里面总觉得，这一次，妈妈会遇到前所未有的失望。至于具体是什么，我也猜不出来，但是我真的很为她担心。

俄罗斯多帕特

我们一路人马刚刚经过了这座可怜的小镇。我说它"可怜"是因为很久以前，多帕特是利沃尼亚①最

---

① 利沃尼亚是中世纪后期的波罗的海东岸地区，即现在的爱沙尼亚以及拉脱维亚的大部分领土的旧称。历史上曾先后由圣剑骑士团（通称利沃尼亚骑士团）、丹麦、条顿骑士团、波兰立陶宛联邦、瑞典、俄罗斯帝国、德意志帝国、纳粹德国和苏联统治。一战中俄罗斯帝国解体，德国战败，1918年爱沙尼亚、拉脱维亚和立陶宛取得独立。1940年根据苏德互不侵犯条约被苏联吞并。1941年又被德国占领。1944年再次被苏联吞并。苏联解体时作为加盟共和国的爱沙尼亚、拉脱维亚以及立陶宛恢复独立。

大的城市之一。而现在看到的只是一片遗迹，在彼得大帝下令开炮攻打这座城市的时候，一切可以看到的东西都被烧光了，城墙被推倒。

这个情形是纳瑞尔斯基先生解释给我听的。他还告诉我，彼得大帝登基的时候只有十岁，他还有一个哥哥，叫做伊凡。

"伊凡心智不全，是个弱智。"先生说道。

不管怎么说，这位哥哥如何被剥夺了皇位的继承权，我等下会问的。我很仔细地听纳瑞尔斯基先生同我讲这些历史课。我尽可能的多了解一些俄罗斯的历史，以备着万一到时候伊丽莎白女皇问起我对她们国家兴趣的时候，我能多少回答出一些来。

只不过前面发生的事情，一下子让我冷静下来。

之前有一队由士兵护送的雪橇从我们对面方向驶来。黑色的窗帘遮住了马车，看不到里面坐的是什么人。当我问到里面可能有谁的时候，陆军大元帅摇了摇头。

他都没抬头看着我，他说："毫无疑问，这里面坐的是布伦兹维克大公一家。伊丽莎白女皇下令放逐他们并把他们关进监狱。"

"我亲爱的孩子,"他说,"这就好比命运之轮的选择,在这条相同的道路上,你只是走向了辉煌的将来"——说到这,纳瑞尔斯基先生拉开深红色的窗帘指向外面——"而有一个家族却被贬放逐。"

他的话让我从心里面打了个寒战。我想起了爸爸当时和我说道,那个被割去舌头送到西伯利亚的公爵夫人的事情。

命运之轮的选择。

这位女皇陛下,也可能会放弃我的。

1744年2月4日(罗马儒略历),圣彼得堡

终于,我们到了圣彼得堡!

昨天从雪橇里走出来,踩在我未来新家的土地上,感觉真的很好。经历了整整四十天的舟车劳顿后,我已经迫不及待抵达我们的目的地了。我忍不住要弯腰来亲吻面前铺满白雪的道路,但是妈妈却猛地把我拉住,所以我必须一直保持抬头挺胸的站姿。

"菲琪，注意你的姿势。"她压低了声音对我说。

真是一个漂亮的城市，在明媚的阳光下闪闪发光。此刻街上都是人，他们在庆祝一个冬天的狂欢节。这个城市的名字，来源于传教士彼得，他曾经追随基督耶稣。

河道两边的圣彼得和圣保罗堡垒点响了礼炮，向我们表示欢迎。现在这条河——涅瓦河——河面完全冻住了，许多小孩都在上面玩耍、溜冰或者坐着雪橇，滑来滑去。啊，我真的好想跑过去加入他们，同他们一起嬉戏。

当我们在自己的套房安顿下来后，一位外交官跑来通知我们，现在女皇陛下和大公正在四百三十英里开外的莫斯科。

说实话，对于可以延迟见面，我一下子松了一口气。可是妈妈对于他们没有在这里迎接我们表示非常不满。

"我们跋山涉水一路辛苦到了这里，他们居然不在！"妈妈说。不过在看到有那么多女仆和女侍从被安排来服侍她之后，她又慢慢平静了下来。他们为我们准备了非常漂亮的裙子，还有干净的内衣、鞋子和袜子。我居然有四个随身女侍！一番整顿后，妈妈看上去神采奕奕。她决定，我们也必须去莫斯科，而且必须在2月10日之前到达那里。

为什么是2月10日？因为那是大公的生日，届时，他就十六岁了。

"这将是政治上绝妙的安排，"她正在整理一小盒首饰的时候，对我说，"这将向女皇陛下表达你对于嫁给大公，你未婚夫的决心。她会对你的忠诚感到非常满意的，菲琪。"

哎，明天我们又要重新启程。亲爱的日记，我已经厌倦这些了，赶路，奔波。如果我看上去和我感到的一样困乏厌倦的话，我又如何在女皇面前留下好印象呢？

关于昨天晚宴

在我忘记之前我要都记下来……这是我有生以来第一次见到真的大象，而且昨天晚上我一下子见到了十四个！它们是波斯国王献给伊丽莎白女皇的礼物，昨天在晚宴的时候为我们表演杂耍。还有跳舞的黑熊。

亲爱的日记，我只能对你说，因为除了你我也不能对别人提及了，看到那一幕，我觉得很难过。看着这些巨型的动物，此刻却穿着傻不溜秋的衣服表演杂耍，我觉得，这不是上帝制造它们出来的本意。这些大象的背上披着绸缎做的披肩，大大的脑袋上却绑着一只很小的帽子，脚踝上还绑着铃铛。而黑熊呢？穿着有蕾丝边的芭蕾舞裙和无边软帽！

那些王室成员和官员被安排过来欢迎我们，都对这个表演非常自豪。我只是在微笑，什么都不说。从现在开始，我一定要小心谨慎，千万不要冒犯任何一个人，不管我心里面怎么想的。

后来

我很期待可以快点看到彼得，他可能是我未来的丈夫！自从上次我们在他那个海边的城堡见面到现在已经将近五年了……他有没有长高，变得更健硕呢？他英俊吗？我希望他能像我一样那么殷切地想要再次见到我。

1744年2月9日，莫斯科

在晚饭前我只有一点点时间可以写日记。

今天晚上我们终于抵达了莫斯科。当我们的雪橇在安娜宫①前停顿稳妥后，已经是晚上八点了，天色已经完全暗下来了。火炬已经被点亮，照亮了被白雪覆盖的中庭，在那里，两排身着制服的侍从已经站在那里等候我们了。

从圣彼得堡到这里，一路上我们走了足足两天，晚上也在马不停蹄地赶路。这一路奔波实在非常辛苦。一路上我和妈妈还能靠着软垫，用炭火炉暖和双足。比起骑在马背上的掷弹兵，我们已经很奢侈了。对于在马车外面，暴露在寒风下的他们，我唯一能想象的是他们追随着星光的指引赶路的样子。

---

① 即叶卡捷琳娜宫。

马匹也精疲力竭。起码有三匹马在路上累死了。马车夫只能将它们的尸体从结冰的路上挪开，然后继续赶路，直到我们抵达下一个村庄。我们在村庄休整的时候，村民们会聚集在我们周围围观。当我从雪橇里走出来去用厕所时，我能听到他们在周围窃窃私语："这就是大公的未婚妻。"有一些人甚至凑上来轻抚我衣服上的皮毛。

他们如何能不这样猜测呢？我们一路上一共有三十辆雪橇同行，而有十六匹马拉着我的那辆雪橇。我朝每一个看着我的人微笑。如果将来他们会是我的臣民，我希望他们能够喜欢我。

哎，我写下这个时候，胃都紧张得抽搐起来。我们接下来随时都有可能会见到女皇！还有彼得。

我希望他们会喜欢我的裙子。这是一条用粉色云纹绸缎做的裙子，一种上面有水波图案的丝绸。裙摆自然地垂落在地上，只是在腰这里有一点紧。还好我不用在下面穿裙撑！那重重的铁环，在穿着它们的时候，我很难稳妥地坐到椅子上。从一个贴身女侍拿来的那些首饰里，我挑了一个简单的红宝石，戴在脖子上。

噢，我从什么时候起，开始关注这些事情的呢？我听到走道里的脚步声了……

半夜

大概十五分钟前我们用过了夜宵……妈妈现在正在自己的床上，眼睛上覆着一条湿毛巾，今晚的宴会后她实在是太累了，一句话都不想和我说。她说，今晚随便我写到什么时候她都不管。

先从我们终于见到了彼得讲起。真的很难称呼他大公。他看上去还只是一个还没长开的男孩！当他来到我和妈妈的套间问候我们的时候，我感觉到自己的胸口一紧。我真的失望得快要哭出来了。他看上去那么弱不禁风，皮肤很油腻，额头上还有好几个粉刺，声音尖尖的听上去也很像一个小姑娘。

在我脑海里，我已经想象着他在这些年长大成熟后的样子了。我意识到，现在的我只是期待着一个英俊的王子，一个像灰姑娘在她的马车变回南瓜之前遇到的那样的王子。

但是我眼前的这位王子，还只是一个小毛孩。彼得对于能见到我们显得很激动，他分别紧紧地拥抱了我们，然后开始抱怨俄罗斯的一切——语言、宗教、他的家庭教师、这里的天气，甚至他自己的姨妈女皇陛下。噢，还有他有多讨厌天主教教皇！听着他的抱怨，我不由得产生了担忧。如果他不够小心的话，有一天他也会惹恼了女沙皇被送去西伯利亚的，同时也会连累我也跟着一起被带走。

我真的要嫁给这样一个凡事都欠考虑的人吗？

现在已经是凌晨一点了。妈妈已经在床上睡着了，身上还穿着袍子。还没有让她的女仆来给她更衣，看来真的是累坏了。我悄悄帮她把鞋子脱掉，给她盖了一条鹅毛被子，以免她晚上着凉。

我的蜡烛要烧完了……让我再去找一根新的……

继续昨天晚上的话题……

彼得来找我们的主要目的是他要领着我们觐见女皇陛下。他让妈妈挽着他的手臂，而我跟在后面，由黑森的王子陪同。

在大厅里，两扇巨型大门为女皇陛下打开，我紧张得心跳加速，口干舌燥。

丝绸摩擦地面发出的沙沙声预示着她的到来。她站在我们面前，身上穿着一条银色的长袍，周围编织着金色的蕾丝，裙子底下的裙撑把她整个人都撑开了，看上去很宽。当她朝着我微笑，并开始用法语和我交谈时，我被她的美丽惊到了。她看上去很健硕，有着饱满的下巴和丰满的胸部。一头黑发用银色的发簪高高梳了起来，上面用闪亮的钻石装饰着。耳朵后面用一片黑色的长羽毛装饰着，看上去像一只乌鸦。

噢，我实在忍不住要盯着她看，她身上有那么多吸引人的闪光点。（我觉得她把眉毛染成了黑色，因为眉毛边缘处有一些黑色的污迹。）

今天晚上早些时候，那些进来服侍我们的女仆说，女皇陛下一共有五千多双鞋子，一万五千多条裙子，但是这些鞋子和裙子，她都只穿过一次，而且不会穿第二次了。她还有许多数不尽的帽子、皮草和手套。她很欣赏路易十四的凡尔赛宫，她只聘用巴黎来的服装设计师和裁缝为她缝制衣服。

在女皇陛下接见我们的时候，妈妈行了屈膝礼，表达了对女皇陛下精心安排的感谢等等。我也行了法式的屈膝礼，先弯腰再屈膝（这样一来我的膝盖一直在抖）。而且和第一次见到腓特烈国王一样，我觉得自己非常害羞。一开始，对她的问题，我只是简单地轻声给出"是""不是""谢谢您，夫人"[1]这类回答。

除了我们，排成一排站在角落和房间里的，都是一些皇室成员、外交官员，随身的侍女和侍从，还有一位宫廷医生——他们都穿着丝绸和绸缎做成的衣服，还有许多我都没有见到过的珠宝。我觉得每个人都盯着我看，他们心里面一定在想，*她会成为那个皇家新娘吗？*

伊丽莎白女皇终于从法语转到了德语和我们交谈了。她的眼睛一直都在我身上打量。我猜不出来她心里怎么想的，但是我知道，她在研究我。一想到我的将来握在她的手里，我就觉得非常恐怖。

终于，她让我们退下休息，她说经历了一路的舟

---

① 原文为法语。

车劳顿，我们一定非常疲乏了——噢，是啊，亲爱的日记，我累得眼里都是泪水！因为女皇陛下并没有让我们坐下，这两个小时以来，我的背一直挺直不敢松懈，现在酸疼得不行。

随后彼得来到我们的套房，和我们一起用了夜宵。我累得实在是完全想不起来自己到底吃了些什么。房间里面都是他宫廷里的人，我也完全记不清他们的名字和样子。他们的声音像是一堆说话的布偶，我一点感觉也没有。我只记得有三个侏儒——穿着天鹅绒衣服的矮小的人——他们看上去是侍从。他们的脚像小孩子一样小。

起码，第一天和第一次见面终于过去了，我好想大哭一场来宣泄自己的情绪。

1711年2月10日，莫斯科

今天早上，侍应们用银制的餐盘端着早餐送进来。我很高兴他们给我准备了咖啡和热牛奶，这和芭贝特小姐以前经常为我准备的一样，法式咖啡。熟悉的味道让我突然很想念她。我吃了一些黑面包和完全煮熟的鸡蛋，好像饿坏了一样。在经历了那么多天的舟车劳顿后，我终于又开始有胃口了。

今天是大公十六岁的生日。今天晚上有一场专门为他庆生的宴会，所以我和妈妈白天里得了空闲休息一下，一天都待在一起。

今天也是四旬斋①的第一天。路德会教友在庆祝这个节日时，比东正教徒简单许多。我决定安静地旁观今天的盛典，来了解将来我需要怎么做。

睡觉前

好吧，彼得现在已经十六岁了，可是他还是一个小男孩。他有很多玩具士兵，比许多年前我第一次

---

① 四旬斋（Lent），也叫大斋节，封斋期一般是从圣灰星期三（大斋节的第一天）到复活节的四十天，基督徒视之为禁食和为复活节作准备而忏悔的季节。《圣经·新约》中有一个魔鬼试探耶稣的故事，说的是魔鬼把耶稣困在旷野里，四十天没有给耶稣吃东西，耶稣虽然饥饿，却没有接受魔鬼的诱惑。后来，为了纪念耶稣在这四十天中的荒野禁食，信徒们就把每年复活节前的四十天时间作为自己斋戒及忏悔的日子，叫做大斋节或者四旬斋（Lent）。据说，古希腊和古罗马的木神节、酒神节都是它的前身。

见他时还要多。我之所以知道这些，是因为今天他领我看了他房间里的一个橱柜，里面放着一排排士兵玩偶，按照彼得给他们的不同军衔依次排列。他房间里还有一个很大的笼子，里面养着一只很大的灰色老鼠。

"这个是菲茨罗伊将军。"他是这样跟我介绍这只啮齿类动物的。它穿着一件红色的小夹克，颈部套着颈圈，这样彼得随时都能拿链子拴着它"检阅部队"了。

我表现得很礼貌，虽然心里面觉得这位大公有点神经错乱了。真的很难想象有一天自己会成为他的妻子……他会不会也要我和菲茨罗伊将军一起玩啊？

不过在我睡觉前，我还要记一下……

肖像夫人们

今天最棒的一段是在皇宫某一个大厅举行的仪式。女皇陛下用非常隆重的仪式接见了我和妈妈。她授予了我们周围绑着绸缎的圣叶卡捷琳娜勋章①——蓝色的绸缎有差不多三英寸宽。

之后，女皇的两位"肖像夫人"将一个星星形状的金属牌子别在了我和妈妈外套的肩上。我还不知道这个是什么意思，不过当我看到女皇冲着我们微笑时，我的心一下子放松下来。很显然，这是她在欢迎我们加入她的圈子。

后来我知道，所谓肖像夫人，是因为女皇授予了她们自己的小幅肖像画——镶嵌在一圈钻石当中，和我的小妹妹乌尔丽克刚出生时，妈妈收到的那个小肖像一模一样。

贵妇们可以在她们进出皇宫的时候将肖像佩戴在自己的衣服上，彰显和皇室家族非同寻常的亲密关系。我不知道妈妈有没有把她收到的那个小肖像也带过来，那么她现在佩戴小肖像是否合适呢？这里有太多我不知道的外交礼仪要学了——我真不想冒险做错什么事情。

---

① "圣叶卡捷琳娜勋章"，1714年为纪念彼得大帝的皇后叶卡捷琳娜参加普鲁特远征（1711年）而设立。

附言

伊丽莎白女皇今天穿的裙子是棕色的，牛奶巧克力的颜色，周围用银线刺绣装饰。她的脖子，胸前，戴满了各种首饰，我也分辨不出这些珠宝都是什么。我只想一直注视着她华丽的裙子，特别是当我知道，这是我们第一次，也是最后一次看到这条裙子之后。

后来，女皇的两位宫廷大臣悄悄告诉我一个关于女皇的秘密，是这样的：

当伊丽莎白女皇发脾气的时候，她会打骂自己的侍女和侍从。还有，她经常喝酒喝到醉倒，这个时候侍女们必须把她的束身胸衣和裙子剪开来，让她可以呕吐。也许这才是所有裙子她都只穿一次的原因。

爸爸之前的警告开始让我担心：他说和女皇陛下在一起生活是一件特别难的事情。这是不是意味着，如果我让她不满意了，她也会打我？如果她发现彼得只在乎他的那些士兵玩偶，还有他的菲茨罗伊将军是一只老鼠，她会不会也打骂彼得？

1744年2月13日，莫斯科

这个皇宫里怎么有这么多秘密！今天早上，彼得在我耳边轻声告诉了我一个秘密，让我的心一沉。

他恋爱了！

但是他爱上的人不是我——那是一个女皇的宫女。

真的是太精彩了！我好想说。不错啊，表哥。但是我只是看着他，一个字都说不出来。

当他告诉我这个女孩母亲的名字时，我想我真的要昏过去了。

安娜·利奥波多芙娜公爵夫人。

"真的太遗憾了，"他说，"安娜·利奥波多芙娜公爵夫人被发现对皇位有不轨企图，所以姨妈把她驱逐流放去了西伯利亚。他们用钳子把她的舌头拉出来，然后剪掉。"

听着他的描述，我想起了伊丽莎白女皇的残暴，心里不由得也害怕起来。

彼得看向窗外。"她的女儿也被送走了，所以我只能娶你，菲琪。女皇是这么说的。"

他的冷酷让我的心凉透了。噢，我亲爱的日记，这个男孩将会是我的丈夫！

昨天下午，我告诉了妈妈这些，还告诉她我心里面有多伤心。她拽着我的手肘推着我来到窗边。

外面正下着大雪，大风将雪花向着城墙吹打。许多装饰高贵的雪橇从皇宫的庭院进进出出。空气中，充斥着欢庆的气氛，女人们穿着长长的皮草，男人们带着方形的皮帽。

"你已经回不了头了，我的女儿，"妈妈说，"我们已经走到这里了。"

我知道她并不单单指我们旅行的路程和时间——一共五十五天，从策尔布斯特到圣彼得堡，再到莫斯科。我看着她的脸，希望自己能说一些什么，可是什么都说不出来。眼泪不禁涌了出来——连我自己都不知道自己为什么会哭——只是一下子有太多情绪涌了上来。

对于我的低落，妈妈无动于衷。她压低声音——

低到我都很难听清楚——缓缓对我说："我亲爱
的，你现在唯一该关心的是政治，而不是爱情。在
这里，只要你流露出一丁点不开心，我就拧断你的
脖子。"

我只是行了屈膝礼，胳膊硬是从妈妈的手里挣脱
出来，转身离开。我会努力去爱俄罗斯的大公，哪怕
他一点都不在乎我。

1744年2月底，莫斯科

俄语真的好难学！那些字母特别不同——在我看
来这些单词都东倒西歪的，根本分辨不清——字母 P
看上去像 R，字母 C 看上去又很像 S。但是我每天每
个小时都在努力使用俄语。

我试着和每一位侍从讲俄语，这里讲一个单词，
那里讲一个词组。当看着我挣扎着使用俄语时，其中
一些人就直接回复我法语。但是我告诉他们，我要练
习俄语。我知道，我的发音一定糟糕透了。

彼得不答应同我一起练习。他坚持用德语回答，

也不愿尝试使用我们的新语言进行对话。对于早晚有一天，他和我会一起统治俄国这件事，彼得一点都不放在心上，对此，我感觉非常挫败！他最乐此不疲的一件事情就是一直抱怨说他要回家。

还有一件事情让人很讨厌，每次我们这位俄国大公来我房间找我聊天时，他的嘴巴里呼出的都是伏特加的臭味。

所以，我决定即使自己一个人也要努力学习。

每天晚上，当所有人都去睡觉后，我还是会熬夜，举着蜡烛背诵生词表。一遍又一遍，我大声重复诵读这些单词，并且尝试把它们组织成句子。一边背诵一边在房间里来回踱步会对背诵有很大帮助，不过哪怕我穿着毛拖鞋，地板还是会吱呀作响。

顺便说几句

我真的很想念我弟弟弗里德里克，也很想知道他最近怎样了。还有我们的小妹妹，她现在应该已经会走路了吧。哦，如果他们也在这里该有多好！想象一下，乌尔丽克头戴一顶颜色艳丽的俄罗斯小帽子，那样子应该非常可爱。

晚上夜宵后……

我给爸爸写了信，信中和他提到了我在这里的宗教老师西米恩神父。神父告诉我路德教和东正教唯一的区别在于"礼拜的外部形式"。我告诉爸爸，我要做一个真正的俄罗斯人，所以我要在他们的教堂进行受洗。我知道，爸爸对此一定会不开心。

每天来给我上课的另外一位家庭教师是兰蒂，他是来自巴黎的芭蕾舞名家。他教我宫廷舞蹈，不过今天早上我问他我能不能休息一下，不训练了。今天一整天我都在发抖，外加头痛欲裂。我早饭午饭都没有吃，晚上只喝了一点热汤。

三天后

妈妈已经急着派人去请医生了，她勒令我在床上休息，不准下床。

我发烧了。

妈妈用手摸了我的额头，当她知道我已经这样好几天了，她开始紧张起来。"你绝对不能生病。"她说，轻轻拍打着我的脸颊。

哦，我亲爱的日记，我现在必须好好躺下睡觉……

1744年4月10日，莫斯科

自从上次我翻开这本日记本，真的已经过了一个多月了吗？

我病得真的很严重，以至于我都没有意识到时间的流逝。妈妈把你给藏了起来，我亲爱的日记——和我的钢笔、墨水盒一起藏了起来——这样我就不会因为一直忍不住要写日记而消耗体力了，妈妈认为写字是一种消耗！可是这其实是我一天中可以做的最舒服、最简单的事情了。（再一次我要庆幸，还好妈妈看不懂法语。）

在我生病期间，有几次我醒来发现女皇陛下亲自来看我，她还用手臂把我环抱在她的怀里。她轻抚我的脸颊，用法语告诉我她对我的欣赏。莫斯科的每一个人好像都已经相信，因为我废寝忘食地努力学习俄语，所以我才会生病。他们觉得正是因为每天都在自己冰冷的房间里学习到很晚，我才会着凉，然后才会恶化成胸膜炎。

"你已经赢得了你的子民们的心。"女皇陛下告诉我。然后，她坐在我的床边，打开了一个银色的小盒子。里面，是一条钻石项链和配套的耳环，摆放在蓝色的天鹅绒垫子上。"这是给你的，我可爱的孩子。"她说，然后亲吻了我的额头。

突然我意识到，她已经称呼俄罗斯人是"我的子民们"了。

晚上的时候，妈妈把这些珠宝戴在身上，仔细研究着镜子里自己的样子，左右转动身体。等她把项链和耳环放回到盒子里的时候，她说，这些首饰至少值两万卢布，而这就是我这么多天所受折磨的回报。

在过去我生病的二十七天里，女皇陛下命令医生们给我进行放血治疗，至少做了十六次。妈妈气坏了。她认为这样的放血治疗很可能会杀了我。当她向女皇陛下说明了自己的担心时，女皇下令禁止她进入我的病房。

她们两个之前的气氛很紧张，我能明显感觉到。这让我很担心。

我也很担心自己的背，担心会不会又像小时候那样变驼背。如果那样的话，女皇陛下一定会把我赶回家的。妈妈也一直提醒我，要嫁入皇室，你必须是个正常人。

一个新的进展

虽然我已经感觉好起来了，可是医生还是命令我继续卧床休息。一直躺着不动真的很折磨人！

唯一的收获可能是当我躺着休息的时候，我能偷听到一些事情。一些宫女和侍从以为我已经睡着了，完全听不到他们的闲话。

但是他们错了！

今天，我从他们的闲话中听到，妈妈可能涉嫌某种宫廷密谋事件，说她很有可能是腓特烈国王的密探——密探！她怎么可以这样？难道她忘记了利奥波多芙娜公爵夫人的下场了吗？

很显然，当我们去柏林拜访国王陛下的时候，国王不只是为了审视我，也是为了给妈妈传达命令。具体她应该怎么做，为什么要那么做，我都不知道。

今天傍晚，我听到他们低声议论说伊丽莎白女皇对妈妈很生气——听到这个，我的心跳一下子加快了！就在我闭着眼睛躺在那里，努力让自己的呼吸变缓，假装自己睡着了的时候，妈妈突然哭着冲进了我的房间。就在这时，她的宫女及时赶到安抚了她，我却得知女皇陛下对她大发雷霆。

我没有听错吧，她们居然说女皇陛下并不信任我的母亲，并且要把她遣送回去？

* * *

虽然我已经可以下床了，但是还是只能在卧室的内室活动，我还没机会能站在镜子前检查自己的模样。我还能挺直身体吗？如果我的脊椎又弯了，那么妈妈就会说我彻底毁了她的生活，也毁了我们家族的未来。

虽然她对我一直很刻薄，也从来不表达一丝对我的关心，但是她依旧是我的母亲。她是这个新世界里我唯一不陌生的人。我真不知道自己能否承受她对我的失望。

1744年4月21日，莫斯科

今天是我十五岁的生日！

从我房间的窗户望出去，我能看到春天的脚步。外面的积雪正在融化，太阳也一天比一天爬得高。宫殿四周的旗帆迎风飘扬，光秃秃的树枝也被风吹得前后摇摆。虽然外面依旧很冷，但女皇说我已经好得差不多了，可以出席一些公众场合了。

哦，亲爱的日记，我觉得自己还没有准备好展现自己——镜子里的样子真的糟糕透了！我看上去瘦得皮包骨头，还掉了许多头发。我的脸色很憔悴，苍白。这样看上去我一丁点都不吸引人。恰恰印证这一点的是，就在几分钟前，一位宫廷大臣带了一个小银盘过来，上面是一盒胭脂。

"女皇陛下希望你能在自己的脸颊上涂一些胭脂。"他一边鞠躬一边对我说。看我站在那里并没有接过盒子，他又加了一句："这是命令，小姐。"

既然这是命令，我自然会做。我把自己化得看上去比我自己感觉得要精神很多。

不过，值得庆幸的是，镜子里的我，肩膀还是直的，站姿也依旧和从前一样。我真的彻底松了一口气。

就在一个小时前，侍从推着餐车把早餐送了过来。整整有两层食物，分量多到够十个人吃的了——有鸡蛋、牛排、土豆煎蛋饼、甜菜、橙子蜜饯、黑面包、蜂蜜、热燕麦粥，还有一罐奶油和咖啡。我强迫自己下床来吃，可是没有一样东西看上去能让我产生胃口。侍从带来女皇的口谕，我必须吃，吃，吃。另一道命令。

就在我喝咖啡的时候，大公跑来看我。

"菲琪，"他说，拖了一个凳子坐在我旁边，"一直以来我都很担心你，你是我在这里唯一的朋友了。"

在感受到他发自肺腑的关心之后，我对我这么多天来一直觉得他很差劲而感到内疚。我想我以后还是要尽可能多去想想他的优点。能够和他一起用我们自己的母语聊天，感觉真的很舒服，虽然，多数都是他在讲，我在听。

自从生病以来，我忘记了那么多俄语，对此我很不安——一旦有机会，我就必须要继续学习。我要让女皇知道，我看重她的国家。另一方面，我也很想了解在我周围进行的那些对话和交谈。知道大家都在说什么，让我有一种打开了宝藏的感觉。

对今天的生日宴会，我一点都不期待。妈妈说，无论我是否喜欢，我都必须出席，并且让大家知道我很健康。"只要再过一段时间，我的女儿，你的婚约就会落实公开了。现在你离那个宝座只差一步之遥了。保持微笑。"再一次，妈妈没有说我可能会做很多年的公爵夫人，等着女皇慢慢老去。

亲爱的日记，我现在必须把钢笔放下来了。一个女仆正拿着一条裙子进来找我。这条裙子已经拿去裁缝处重新修改过了，因为我最近瘦了太多。裙子是最漂亮的宝石绿色，上面还缝着蓝色的蕾丝花边。

哦，我怎么能忘记提一下女皇陛下送给我的新礼物呢？是一个很可爱的，用钻石镶嵌的鼻烟盒，正好能用我的手握住。她在卡片上还写道："给我最可爱的孩子。"我能不能理解为，她喜欢我？

1744年5月3日，莫斯科

今天早上，女皇开始了她的朝圣之旅，前往特罗伊察，那是俄罗斯境内许多修道院中的一个。彼得告诉我，她每次去那里，都是为了得到反省或者当她有什么重大的决定要做时。因为这是一个精神之旅，所以她会走路过去——一路上有将近六十英里！彼得解释道，走路去特罗伊察差不多要花上至少一个星期的时间，但是为了不在沿路搭帐篷露营，一辆马车会跟在女皇后面。当她结束一天的行走后，马车会送她回到莫斯科，她会用晚饭和睡觉休息。等到早上，她又继续坐马车回到她昨天结束的地方，继续艰苦跋涉。这样每个晚上她都会坐马车回到莫斯科，直到她抵达特罗伊察。

彼得告诉我，这一次的朝圣之旅有点特殊。"她这次是坐着马车一路直接去特罗伊察的，"他说，"不知道为什么，这一次她特别着急；但是我不知道究竟是为什么。"

当彼得告诉我这些的时候，他看上去非常紧张。不过老实讲，我知道女皇已经走了，真的感觉放松下来。我要赶紧补上我的俄语课程。另外，知道了女皇陛下不在皇宫里，我也觉得更加容易放松精神，不然的话，我会因为她随时都有可能召见我而神经紧张的。

睡觉前

哦，亲爱的日记，最后我还是没能轻松下来！

邮差刚刚送来一封女皇寄来的信。她要妈妈、彼得和我去特罗伊察——这是一个命令！我们的马车明天一早就会出发。

现在，和彼得一样，我开始担心她为什么那么着急要去修道院了。而且，她为什么那么急切要召见我们？

特罗伊察

我们在一个小时前抵达了这里。妈妈和我住在一个套间里，她已经躺下休息了，而女仆们现在正在帮我们整理行李。

彼得的房间在楼下的大厅那里。

前面就在我们刚从马车上下来的时候，一个修道士跑来告诉我们，这个修道院一共有十五片农田。他手臂指向旁边广阔的田地，说有成千上万的农奴在那里劳作，依靠着这些土地生存。他靠向我，在我耳边轻声说道："如果您能去见见他们中的一些人的话，可能对您会比较好。"

我明白他的意思，这些农奴有一天很有可能是我的子民。

一个宫廷大臣走了进来，带来了指令。他会引领妈妈和我，还有彼得一起，马上觐见女皇。当妈妈给自己的脸颊扑腮红的时候，我正迅速地写下这些话……

将近午夜

今天晚上，事情发展得并不太顺利。事实上，我为妈妈的性命感到担忧。

女皇命令妈妈一个人进去见她，而留大公和我在前厅等着。在我生病的时候，我和彼得建立起了愉快的友谊，所以对于我俩被单独留下，我们并没有觉得不开心。

我们爬上了高窗边上的椅子，这样能看到外面的田园。看到两只小山羊正拿各自的小脑袋互相顶撞，我俩都笑了起来。然后，彼得敲打着我的手臂，而我也用拳头轻轻拍打他的背。当我俩还在打闹欢笑的时候，门突然打开了，莱斯托克伯爵突然走进来。他是女皇的顾问和医生。

他大步走到我们正坐着的地方，直接地看着我说："马上去收拾行李，德国女孩。从哪里来的，就回哪里去吧。"

彼得立马站直起来问："你这话是什么意思？"

"您以后就会知道了。"伯爵说。然后他转身就离开了。

彼得和我一下子安静下来。我拼命忍着眼泪，但是还是哭了出来，我感到很害怕。我的将来就这样结束了。总之，我可能惹女皇陛下厌恶了。

看到了我的眼泪，彼得轻轻拍了我的手："我一点都不惊讶，这一定是你妈妈的错。但是无论如何，你不该被责备，菲琪。"

等一下，亲爱的日记，我需要再去点一根蜡烛。

继续……

大公和我继续坐在窗下，不知道究竟发生了什么。这个时候门打开了，女皇走了进来，脸涨得通红，看上去非常生气。在她身后的是我的妈妈，脸上流满了眼泪。

彼得和我从椅子上跳了下来，我的心脏怦怦直跳。我觉得一些很可怕的事情发生了。我在女皇面前行屈膝礼，垂着头，嘴里轻声低语着我一直在练习的一些俄语：

"我错了，女士。①" 我偷偷瞄了她一眼，当然我也不知道自己在为什么事情道歉，我只是知道我必须这么做。

这时，女皇原本严厉的表情一下子变得柔和起来，她弯下身子，扶我起来。她亲吻了我的额头，不说一句话，就转身离开了房间。

就在现在，妈妈正在床上，却只字不提究竟发生了什么。她的另一个秘密，现在正在折磨着我！

第二天

今早当我在日光浴廊吃早饭的时候，我偷听到了两个侍从的对话。他们正好在外面的窗户下，沿着花

---

① 原文为俄语。

园小径，一边走路一边聊着女皇陛下。幸好，他们说的是法语。

"我们的女皇陛下，平生最讨厌的，莫过于两件事，"其中一个人说，"欺骗和不忠实。"

"是啊，"另一个人说，"那么怪不得她那么容不下那个德国女人了。"

我凝神偷听，终于，我明白了昨晚的冲突到底是因为什么了。某个对女皇忠实的人，正好查获并解密了普鲁士国王腓特烈和安哈耳特-策尔布斯特公主——也就是我妈妈，之间的信件。我的妈妈，真的在做间谍！

对于这些内容，我感到非常反感，我真的什么都不想知道。

那两个侍从还聊到了一些其他的密谋和政治问题，但是我对于妈妈牵涉在内的这一桩感到尤为不安。

1744年6月22日，莫斯科

自从上次提笔到现在，又过去了六个星期，现在已经是夏天了！树木已经枝繁叶茂，小径和花园里也都是成排的花朵。当我在外面走路的时候，我一直都穿着白色的棉布裙子，这样我能感觉凉爽一些。

正如你看到的那样，亲爱的日记，女皇最后并没有把我赶回家。我不知道为什么，那天晚上在修道院，她最后会改变。或许当她看到我的时候，她意识到，我并没有涉及在妈妈的计划中。

我很庆幸，妈妈没有被送去西伯利亚，舌头也没有被割掉。当然，她还是被惩罚了。

女皇严禁她出席任何除非常正式公开活动以外的宫廷活动。在我的婚礼过后，她也会被驱逐出境，离开俄罗斯，再也不能回来。

另外一个耻辱是，只有在传唤官通知的情况下，妈妈才能来见我。她再也不能像以前那样，随意进出我的房间，和我打招呼了。这个正式的礼仪，会一直将我俩分隔开。妈妈气疯了，她也觉得很受耻辱。这让我也很不安，但是我必须保持缄默。我只是希望，妈妈能像我一样，对她没有被驱逐去极寒的北边而感到感激。

自从从修道院回来，我一直努力学习——语言、宗教、舞蹈，还有礼仪——这也是为什么一直以来我都忽视了你，亲爱的日记。

1744年6月24日，莫斯科

从今日起三天后，我将经由女皇的指令被东正教堂所认可。随后，在圣彼得和圣保罗节的当天，我的表哥和我，会正式宣布订婚。我差一点要写成"庆祝我们的订婚"，但是对我来说，这真的很难算是一场庆祝。

我觉得，彼得和我一样，也并不期待着结婚。虽然后来，我们的友谊的确加深了，可是我们两个，却更像兄妹。我们经常会互相取笑打闹，也很庆幸彼此年纪相仿，以前都是路德教，拥有一样的母语——德语。我也真心喜欢他叫我菲琪，真心愿意接受他的邀请，同他一起去花园散步。

唉，我只能接受我们的婚姻不会有浪漫的爱情。最终，还是俄罗斯的皇冠，让我看到了自己的未来和希望。妈妈一直强调，从我出生起，她就开始希望我能戴上皇冠了。

"只差一步了。"今天早餐后，她轻声在我耳畔说道。当然，这必须是在她收到了宫女允许召见的通知和在我说她可以进来之后。对于位分比我自己的妈妈还高这一点，我还是很不适应。但是，这也是我们必须迫使自己从今往后去适应的地方。

与此同时，普斯科夫主教说接下来的三天里，我必须斋戒，只能喝水！我真的受不了没有东西吃，特别是如今我身体慢慢开始恢复健康，与此同时，我的食欲也正恢复起来。过去的两个月里，我每一顿都吃得很多。让我最最感到庆幸的是，我的背并没有因为我在床上躺了那么多个星期而变驼，我的脸也变得红润起来。我已经不再涂女皇给我的腮红了。

1744年6月26日，莫斯科

我又重新开始学习俄语了。我正练习大声朗读教材，一遍又一遍。西米恩神父说，我的俄语发音已经很标准了，但是我还是能从自己的脑子里听到德语口音。

昨天晚上，我饿得实在是睡不着。如果我真的非常虔诚的话，斋戒对我来说就不会显得那么痛苦了。我完全不理解斋戒的意义，但是我必须这么做，来告诉女皇我的臣服。漫漫长夜，我只能爬起来靠着窗户看着天空，然后，我却看到了让人惊喜的一幕。

天空正变化着颜色——绿色，蓝色，紫色——光影在水平线上舞动，每过几秒就变化一个形状。我实在是太兴奋了，冲进妈妈的房间想要叫醒她一起看，可是却发现她的床是空的！她可能在楼下大厅和她的宫女们一起玩牌——天哪，但愿真的只是在玩牌，千万不要是在做什么间谍的勾当。

1744年6月27日，莫斯科

我满脑子都是食物。我不停地向上帝祷告，希望他能给我力量。但是我还是觉得头重脚轻，越来越虚弱。

彼得告诉我，女皇打算给我换一个名字，因为她觉得"索菲亚"不够纯洁。这个名字总是让她想起了另外一个索菲亚，彼得大帝同父异母的姐姐，那个对付她，最后被驱逐去一个修道院的索菲亚。这是一个皇室丑闻，所以女皇不希望有任何同她有关的人事再出现在她的宫廷中了。

我很想知道，在妈妈给我取名字的时候，她难道不知道这背后的历史吗？

昨天晚上，我又下床坐在开着的窗户边上。远处传来了一只猫头鹰的叫声，然后另外一只猫头鹰回答了它。微风徐徐，我真希望自己也能有一双翅膀，翱翔在这样的夜空中，追逐着天空的颜色。

从某种程度上，饥饿送给了我一份礼物：如果没有斋戒，我也不会注意到北极光，那是我有生以来看到过最美丽的景象。和之前在库尔兰看到的彗星不同，这一次我努力让自己睁着眼睛看天空，一直到我实在困得不行睡着了为止。

爸爸的来信

爸爸对我放弃路德教教义而感到非常失望。但是女皇陛下的命令却令他更为恼怒。女皇派信使将旨意带到了我们在什切青的城堡。

"我被禁止踏足俄国国土。"他在信中写道。他被告知不得参加我的订婚仪式，也不能参加我的婚礼。我不明白为什么。可能只有女皇陛下知道为什么了。

另外，更糟糕的是，爸爸已经要妈妈早日动身，尽快回家。因为我的弟弟生病了。

天哪，我的心都碎了——直到现在，我才意识到我可能这辈子再也见不到我最爱的爸爸，或者我的弟弟和妹妹了。如果妈妈也走了，那么我在这里将举目无亲，没有家人也没有朋友。彼得，将是我在这里唯一一个和我的祖国还有一丝联系的人。

爸爸在信的最后一页，画了一幅我们在什切青的城堡花园图。在城堡的某个高塔上的时钟，被铸造成脸的形状。每到整点，半小时，或者一刻钟报时的时候，时钟上巨型的眼珠就会转一圈，然后嘴巴会张得很大。小时候每次爸爸举着我，让我看的时候，我都笑得不能自已。这是我和爸爸最爱一起做的事情之一，就是和大钟说你好。

1744年6月28日，莫斯科

终于可以一个人待着了！

今天下午的时候，我在克里姆林宫最高层的一个房间里面。这是一座专门为皇室建造的古老城堡。城堡实在是太高了，以至于从窗口望下去，下面在庭院走路的人看上去都像蚂蚁那样小。我现在正坐在靠窗的一个桌子边上，窗户微开着好让微风能吹进来，窗帘随着微风慢慢吹拂在我的手上。终于，我可以稍稍开始放松一下了。

哦，该从哪里开始说呢？

今天的典礼实在是太累人了。我不得不从前面刚刚开始的国家晚宴上告辞先离开。虽然这个宴会是为我举行的，不过女皇还是同意我可以在这里稍稍休息一下。

今天一早，黎明之前，女仆就跑来把我叫醒。他们拿来了一盘面包和一碗汤，表明我的斋戒终于结束了。我贪婪地狼吞虎咽起来，吃了足足平时五倍的量。到现在我的胃都觉得很饱。

之后，我被带去女皇的房间换衣服。我的袍子和她的一模一样，绯红色镶着银边，衣料碰到皮肤，感觉非常粗糙。女皇的一个女仆用一个白色蝴蝶结把我的头发扎了起来。然后重重地拍打我的脸颊，好让我的脸色红润起来。为什么她不能用腮红呢，我实在不知道。

镜子里，我看到了一个惊讶的女孩，正穿着大人的衣服。我很确定自己不再是以前的那个丑小鸭了。可是目前为止也没有人赞美我漂亮。

从宫殿到教堂，一路上我们的队伍都受到来自左右两侧站着的人群的瞩目。教堂里挤满了人，那么多双眼睛都盯着我看。走到门口处，我被要求跪在一个方形软垫上，然后再走到圣坛前面。一个我从来都没有见过的女人被指命做我的教母，她是诺佛德维奇女修道院的院长。她看上去已经很老了——至少有八十多岁——从头到尾她都没有和我说一句话。

就在一个小时前，当我走到这个房间的时候，我才从一个女仆那里听说，俄罗斯所有阶层贵族家庭的女子，都曾经向女皇请求，希望能够担任这个荣耀的职位，做我的教母。我的教母应该做些什么呢？我不知道，但是之所以后来选定了修道院院长做我的教母，是因为她是一个虔诚的人，而且没有任何政治背景。

我等一下再来写……一位宫廷侍从刚端了一盘夜宵进来。啊，我真的饿坏了！

仪式

如果真的要把今天发生的事情一件一件都详细写下来，我一定要头疼死了，所以还是简单写一下吧。

我在神坛上读了五十页的教条，然后重新宣誓了我的信仰。我说得很慢，尽可能把俄语念得非常清楚。我的这些努力帮助我平静下来，不再那么紧张。但是，天哪，我的喉咙好干，声音也变得沙哑起来。

当我结束的时候，我抬头发现几乎每个人都在流泪。女皇自己也拿着手帕在擦拭她的脸颊。她充满感情地凝视着我，点头表示认同。

然后，她领着我走向圣餐，那是又一个长着又长又白大胡子的神父发放的。我知道这样想是罪恶，可是当我咬下一口面包，喝了一小口红酒之后，我满脑子充斥的都是饥饿！还有就是我裙子内衬上的蕾丝，总是硌得我好痒，一直让我分神。我向上帝祷告，希望他可以原谅我在这样一个神圣的时刻开小差。

我也祈求上帝，能让爸爸原谅我。我完全违背了自己当初和他发下的誓言：放弃了路德教义的基本——化繁为简。

现在，我正穿着睡袍，脸朝着窗外来感受新鲜的空气。一位宫女告诉我，这些窗户之所以不能完全打开，就是为了防止人们太过倾身向前，而不小心摔了下去，丢了性命。又或者是跳下去。她说，这样的事情以前发生过，但是我却不敢问她具体的情况。

现在我的注意力又完全被书桌上的一个银盒吸引过去了。当我打开盒子的时候，盖子咔嚓一声，伴着这个轻快的声音，盒子里放着的宝贝展现在了我的面前：一条精致的黄金项链，坠子是一颗钻石，底下还有一个和它搭配的胸针。这是女皇送来的礼物，今天上午仪式结束后，她在我面前把这个盒子递给了我，就好像她再一次欢迎我加入到她的家庭中去。

新名字

我现在叫叶卡捷琳娜·阿列克谢耶芙娜，俄罗斯的大公爵夫人殿下。这个名字听上去真的好奇怪，我感觉自己还是叫做菲琪，来自安哈耳特-策尔布斯特的索菲亚·奥古斯塔·弗里德里卡公主。

我总是需要一些时间来适应这个新名字。

叶卡捷琳娜是女皇陛下母亲的名字。哪怕在俄国，传统也是孩子将追随父亲的姓氏。可是我爸爸却被彻底忽略了。他只是一个没有皇室血统的军人，而且更糟的是，他还是一个路德教成员。

因为这些原因，我今天晚上感觉特别难受。

哎，我亲爱的日记，现在已经太晚了，我必须把你放在一边去睡觉了。明天会是一个非常重大的日子，我的订婚仪式将在明天举行。希望除了兄妹之情以外，我的心还能对彼得产生其他一些什么感觉。

1744年6月29日（圣彼得日），莫斯科

我今天正式成为彼得的未婚妻。

一清早，一个宫廷管家拿给了我一个女皇的小肖像，周围镶着钻石，就像一个小饼干那么大。之后过了没多久，另外一个管家又来到我的套间，这一次，送来了一个彼得的肖像，周围也镶嵌着钻石。在这幅画中，他戴着一顶白色假发，卷发都落到了耳朵边上。我不得不说，这个造型让彼得看上去更帅一些。

我拿起这两张肖像来到窗边仔细观赏。当我拿着它们放在阳光下时，周围的钻石闪起光芒。我赞叹着这样的美丽，不由得庆幸这一系列的事件最后把我从一个德国的小村庄带到了俄罗斯。哪怕在我小时候少

女的幻想中，我也从没想象过自己会带上这么精致珍贵的首饰。

一个女仆将小肖像装饰固定在我裙子胸前的位置。别针穿过布料的时候，扎到了我的皮肤。我被刺痛了一下，但是什么都没有说。那些宫女，在帮我整理头发的时候，忍不住赞叹说，发饰上的钻石真的太称我的眼睛了，让我看上去光彩夺目。她们的称赞让我更加自信了，真的！

没过多久，彼得就来我的房间，领着我去见女皇。他冲着我微笑，就像一个老朋友。他在我的脸颊两侧轻轻地各吻了一下。他的友好给我带来了希望，我挽起他的胳膊，心中又添了一份信心。我们一起走过了宫殿的走廊和大厅，我们在皇室成员、宫廷大臣还有许多宫女侍从的注视下，迈下了每一步。

自从什么时候起，我开始习惯在那么多人的注目下走路的？

女皇正在中央楼梯的台阶上等我们，她骄傲的头上戴着皇冠，肩上披着代表帝王的披肩。她的样子令人难忘——高大，以及耀眼的珠宝——让我心里又紧张起来。这个世界上最大的国家最有权力的女人，此刻正站在我们的面前，马上要正式宣布，我，将成为她的继承人。

如果她能够微笑一下，我想，可能我就不会那么紧张了。

但是她站在那里，面无表情，看起来特别严肃。对我来说，一切都太难承受了。在她的威严下，我感觉腿都开始发软，可是我还是强迫自己站直身体。我好想盯着女皇富丽堂皇的礼物还有她皇冠上所有的宝石看，但是我还是不敢这么做。只是瞥了一眼，我注意到在这一些钻石和红宝石当中，有一颗硬币那么大的绿宝石。

我的天哪，这支蜡烛已经烧完了……

继续来讲订婚仪式……

我前面写到哪里了？哦，是的……

和伊丽莎白女皇站在一起的还有八位大将军，他们的制服上镶嵌着各种颜色的勋章。他们的手里紧握着一个巨大的银色遮篷，盖在女皇的头顶。当我们走近女皇的时候，她走过来领着我们沿着台阶逐级而下。大公跟在她的身后，而我则跟在大公的身后。我的妈妈被允许来观礼，但是她只能站在比较远的地方。在她的身后，站着数不清的公主、夫人，按照他们的位分依次站开。

到处都是裙摆互相摩擦和高跟鞋踩在大理石地板上的声音！我不敢抬头去看妈妈的脸，但是我能想象到此刻她的脸上一定充满了微笑。

女皇走得非常慢，感觉我们好像要花上一辈子的时间才能走到最后一级台阶。终于，我们走了出来，穿过巨大的广场，好似这里正在举行一场隆重的阅兵——

哪怕这样，我还是能听到背后那些夫人们的脚步声和窸窸窣窣的绸缎摩擦的声音。一路上，士兵在两边列队立正站好。烈日当头，我感觉很热。

伊丽莎白女皇在遮篷的庇荫下行走，她是唯一一个没有直接被酷晒影响的人。

当我们穿过圣母升天大教堂酷爽的入口走道时，

穿着红袍的牧师点头向我们问好，并且简单说了一些问候的话，但是我基本都听不懂。女皇拿起我和彼得的手，领着我们朝着教堂的中央走去，在那里搭着一个铺着天鹅绒地毯的平台。大主教正站在那里等我们。

亲爱的日记，我真的很难用文字来形容这场仪式有多么折磨人——总共持续了四个小时！而且这整整四个小时都不允许我们坐下来休息一下，我真的很难集中注意力。不只是这些咕哝的俄语让我听不明白，还有我的袍子弄得我很痒。衣服面料的重量，压得我的肩膀都抬不起来。

另外，祭司在手里摇晃的银色焚香球散发出来的味道也让我一直想打喷嚏。为了忍住喷嚏，我的眼睛里面都是泪水！在那么多人的注视下，我一点都不敢用袖子去擦一下我的鼻子。另外一个让人分神的事情是，当我听到大家叫着"叶卡捷琳娜"而不是"菲琪"或者"索菲亚"的时候，我总不由自主的要向四处张望一下，看看这个大家都认识，而唯独我不认识的女孩到底是谁。

天哪，有太多东西我想要记下来！教堂富丽堂皇的装饰、高高的吊顶和摆放着各种雕塑的壁龛，银制的器皿和烛台，那些油画，祭司们穿着的金色长袍和他们长长的胡子，还有他们美妙的圣歌吟唱。老实讲，我真的分不清楚他们到底在说希腊语还是俄语。

大主教宣布我们订婚的时候，女皇就站在我们的身边，随后她给我俩交换了戒指。就在这个时候，一定是有一个事先准备好的信号，我们听到了外面礼炮的轰鸣声，与此同时莫斯科所有的教堂都敲响了钟声——有人告诉我，一共有五百下。

第一场宴会

午宴实在就是一场灾难。

我和彼得同女皇一起在克里姆林宫用午饭。桌子摆在了高起的平台上，这样我们能俯视大厅里坐着的所有宾客。我还没有从之前仪式的精疲力竭中缓过来，只吃了几口面包。我原本想要用俄语简单对话，可是脑子里面一片空白，完全提不起精神来回忆我学的那些单词和句型。我只能努力忍住内心强烈的挫败感，把眼泪都忍回去。

可是当妈妈跑来我们的桌子，要求和我们坐在一起的时候，事情变得更加糟糕。我真的没有料到她居然这么胆大厚颜，我羞愧得真想找个地洞钻进去。

"既然我是大公夫人叶卡捷琳娜的母亲，"她说，"我就有权坐在这里。"又是这个陌生的名字，叶卡捷琳娜！——她怎么就能这么快接受我的新身份呢？

彼得大公则挑着眉毛看了她几眼。虽然我对妈妈的无礼感到气极了，但是我对彼得这样对待妈妈的行为也感到一样的生气。显然，他完全不懂得体的外交礼仪，他的行为压根没有缓解我们现在的尴尬处境。他继续像一个小孩那样喝汤，都没有用手帕擦一下下巴上的汤渍。

"怎么说？"看到没有人反应，妈妈又发了声。

终于，女皇示意了宴会主管，他立刻就出现在了女皇的身边。

"为这位女士安排一个非常特别的位子吧。"她指了指我的母亲说道。

在我看来，女皇连妈妈的名字和称谓都没有提，说明她对妈妈很不满。

宴会主管深鞠一躬，然后叫妈妈跟着他。我想，当妈妈发现，所谓特别的地方只是一个只有妈妈一人的私人包厢时，她就绝不可能笑得出来了。

一面玻璃墙将妈妈的位子和我们分割开来。看到妈妈在那么大的桌子上孤独地一个人吃饭，拼命把头抬得很高，我觉得好难过，我努力不要让眼泪掉下来。我很担心，妈妈的虚荣心会把她引向更糟糕的孤立状态。

比起西伯利亚，这里起码有窗户，能够让她看到我们。

午饭的尴尬过后，我的烦恼却还没有离开。晚宴过后是舞会。我记得和彼得一起跳小步舞曲的舞步，好在我有认真上兰蒂先生的舞蹈课。

可是真的到了跳舞的那一刻，拥挤的人群和管弦乐队让我感到窒息。在我眼里，小提琴的声音也只是像蜜蜂的嗡嗡声，而不是华尔兹的旋律。有一个负责开门的服务生甚至因为中暑而昏了过去。当大家把他抬出去时，他头上的假发套掉在了地上。所有的侍从都是和他一样的法式着装，裤子外套着白色的长筒袜，还有黑色高跟的靴子。

睡觉前

哪怕是现在，我亲爱的日记，当白天所有的活动都已经过去之后，我还是感觉那么累，我也觉得很矛盾。这里有太多新的规矩和礼仪规范了。虽然我现在已经可以简单说一些俄语词汇了，而且只要他们说的足够慢的话，我也能听明白一些人的话，但是这个语言对我而言，还是那么陌生。在我眼里，他们的词汇听上去真的就像好多狗在叫！

然后我担心的还是和爸爸有关……我如何做礼拜真的很要紧吗？哪怕我礼拜得一直都是耶稣？

哎，我的眼泪怎么都停不下来。妈妈此刻正在她的套间里和她的那些夫人们一起庆祝我的新身份，我不知道她有没有和她们提起她的那个"特别的位子"。一个十二岁大的俄罗斯女孩刚帮我把床罩拿了下来。现在她又拿了一条非常漂亮的睡袍给我，柔软的鹅黄色配有蓝色的镶边。希望她千万不要去报告说我刚才哭过。

耳边突然浮现出芭贝特小姐的话："快去睡觉吧，菲琪。明天用你焕然一新的双眼来看，一切都会好起来的。"

所以我放下笔，合上了我的日记本。

附言

哎，我还是不能离开你，我亲爱的日记，现在还不行。那些女仆们都已经回到她们自己的房间，我终于可以一个人待着了，我要宣泄一下心中的悲伤。

我觉得自己根本不像"叶卡捷琳娜"。

回想之前这几个星期我所得到的东西，抱怨这个实在有点过分。但是，我真的希望我可以选择自己的新名字，选一个我比较熟悉的名字。也许克里斯蒂安娜，又或者随我爸爸的名字，克里斯蒂安，更或者随我妹妹的名字，乌尔丽克。但是，"叶卡捷琳娜"让我感觉自己穿着一条笨拙的裙子，一点都不合身。

另外一件事情是，我希望自己可以不要每天都戴着大公夫人的戒指！实在是太重了，一直在我的手指上滑落下来，戒指上的石头也常常会钩破裙子上的布料。在妈妈今晚回到自己房间之前，她拉着我的手，仔细地看了我的戒指，她说这戒指起码要值一万两千卢布。而我给彼得买的那个——从我新的费用账户支出——要值一万四千卢布。

"很显然你的眼光比较好，我亲爱的。"妈妈说。

突然我扑进了妈妈的怀里，我自己也没有想到我会这么做。妈妈起初想要推开我，可是我牢牢抓住她不放，于是她又紧紧地抱着我，用她的脸颊紧贴着我的，就像我小时候她经常那么做的那样。

我真的好希望她没有惹恼女皇，那样的话，我们随时随地都还能见面，也不需要女官在旁边监视我们的谈话。

1744年7月5日，莫斯科

俄国的夏天非常漂亮。晚上总是暖和的，而且天空总是有暗淡的光线。日落后天空上呈现的华美的颜色总让我不知道为什么感觉到希望。

现在我已经能理解更多新的俄语语句和词汇，就变得不再那么孤独。我每天和我的宫女、老师、男管家，还有我看到的卫兵练习俄语，他们对我都非常有耐心，非常善意地纠正我的许多语法错误。

我渐渐地开始喜欢上这个国家了，虽然现在了解还是很少。甚至是它的宗教——伴随着那些宗教礼仪和华丽装饰——也慢慢给我带来安心。爸爸如果知道了我这么快就开始接受东正教，他一定会很吃惊的。

1744年7月20日，莫斯科

学习占据了我大部分的时间，对此我还是感到很满意。自从上次写日记到现在已经过去了两个星期。不过现在我要来记录一下，我平静的夏天是如何被打断的。

女皇命令我们同她一起去另外一个修道院！这

一个——山洞中的修道院——是俄罗斯最古老的修道院。它位于离这里往南许多英里远的乌克兰，在一个叫基辅的城市。

现在，女佣已经开始打包行李了。去程会经历至少三个星期的时间，然后还有回程的三个星期。天哪，亲爱的日记，到了那个时候，夏天就已经结束了。我怎么受得了每天都坐在马车里，然后在晚上露营呢。我已经被我柔软的床和浴室的浴缸给宠坏了。在路上我能找到时间学习吗？

彼得兴奋得像一个小男孩那样——只要有什么事情能中断他枯燥的课程的，他都会很开心。我们之间最大的不同是，我很喜欢读书，也很希望变成一个真正的俄国人，但是他不是。

"我是德国人，"他今天早上又对我说了一遍，"而且我将永远都是一个德国人。"

去往基辅的路上

为了让马得到足够的休息，我们已经沿着一条小溪安营扎寨了两天了，这样我终于有时间可以写字了。我现在正坐在我们的帐篷里，地上正有一队蚂蚁在我的脚边行进。一路上我看到的都是起伏的平原，太阳洒下的黄色光芒，还有缺雨的大地。一路上我们经过了许多小村庄，放眼望去都只有挤在一起的破旧棚屋。每当我们停下来的时候，村民就会从他们简陋的房子里走出来，给我们提供黑面包和盐。

我对他们的好客非常感动，同时也有一些尴尬。他们有的太少，而我却拥有那么多。我能给他们一些什么，或者我们帮他们做些什么呢，好让他们的生活更好一些？我的同伴们看上去没有一个是关心这些的，特别是彼得也漠不关心。

"让女皇去烦忧她自己的子民吧，"当我和彼得提到我的担心时，他回答我道，"她会在自己的位子上待很久，我们只是一对公爵夫妻。"

关于他的评论，我思考了很久。我们被授予了那么多荣耀，为什么却还是没有权利来帮助这些将来会变成我们子民的人们？虽然听上去很不敬，但是离女皇死去可能还要有很多年。

也许特罗伊察修道院的修道士能够明白这些，特别是当时他还教我多去拜访那些农奴。

* * *

和我们上次的旅程不同，女皇的马车在我们离开后几天才出发的。但是今天晚上一个信使赶了过来告诉我们，因为一些"不幸的意外"，女皇会延后几天出发。所以，她现在的心情非常差，甚至还下令驱逐她的几个随行人员——他们被流放到了西伯利亚！听到这个消息，我心里一阵绞痛。如果我将来做错了一小步，恐怕我也会被发配到那里去。

这个信使还告诉我们，抵达乌克兰后，我们会停留在科瑟利茨，在那里等待女皇陛下。她的随从有将近三百多人，而且很明显她会装上绝大多数的家具，厨房用具，厨子，洗衣工人，一个裁缝还有等等其他的人或物。看上去她像是带着一个小型的城市一起移动——她甚至还要带着她的牲畜棚，这样厨师才能用最新鲜的肉来做饭。在莫斯科和基辅之间的每一个驿站，都准备有八百匹马来等待女皇的到来，好接替下一程路途的使用。

这真的是一个巨大的国家，所有的人都在听候她的差遣，甚至包括彼得和我。无论怎么样，我们都要遵从她说的去做。

第二天

今天早上，趁着太阳还没有升起来，我跑去溪水边洗了个澡。所有的人都还在睡觉，除了一个女佣正在生火准备我们的早餐。当我从冰冷的溪水中站起来的时候，浑身上下都是湿透了。她给我带来了一条白色桌布，裹在了我的身上。

当我在自己的帐篷里换衣服的时候，我听到了两个人在外面争执的声音，他们说的是德语。

"你实在是太鲁莽了，而且笨得像个傻瓜。"说话的是一个女人，我听出来是妈妈的声音。

"那么你，夫人，你就是一个泼妇①。"毫无疑问，

---

① 原文为俄语。

这个是彼得的声音。他居然用俄语说妈妈是泼妇，他们在吵架！可是为什么呢？

我等一会必须继续来写，现在马已经上好鞍，准备好出发。

1744年8月2日，科瑟利茨

这些天来，我们都住在拉祖莫夫斯基伯爵建造的房子里。房子非常奢华，虽然也很拥挤——妈妈和我不得不同住一个房间，而我们的女仆们不得不睡在大厅的吊床里。在我们等待伊丽莎白女皇到达期间，我们在这里休息，一起在花园里散步，安静地用餐来放松自己。我甚至可以开始恢复我的俄语学习了。

然后，前不久却发生了一件事情让我非常沮丧。

大公和我正在适应享受有彼此的陪伴。有的时候我们会在家具间玩捉迷藏或者我们也会和一些年轻的侍从们一起在外面玩。昨天在我们玩完游戏后，彼得在我的房间里抓到了我，他开始像每次赢了之后一样在那里又跳又拍手地雀跃。

因为这样，他不小心把妈妈非常珍贵的一个小盒子从矮凳上打翻了。他的袖子正好碰到了打开着的盖子，然后带倒了盒子，盒子里所有的东西都洒落一地：戒指、项链、手链、胸针还有一个银制的书签。

妈妈当时正在隔壁的桌子上写信。她气坏了，抓着彼得的手臂冲着他喊："你这个坏孩子，你是故意的！"

彼得把她拉开，然后用俄语说："夫人，你的呼吸像一条狗。"我惊呆了，希望妈妈千万不要发现那个说狗的俄语词——但是从他的口气中，妈妈必定是知道了。她一下子朝着彼得猛扑过去，我立马冲了过去拦住她，努力让她冷静下来，我用我们的母语轻声同她说话。可是她居然打了我一巴掌！

我一下就号啕大哭起来。

看到我被打，彼得马上跑到我这一边，用手臂把我护住，继续用不堪的词汇来指责妈妈。我不想在这里再重复一遍了。他们叽叽喳喳，吵个不停。

然而，突然发生的两件事情安慰了我——

第一个是大公像一个朋友一样保护了我。第二个是他的俄语讲得非常快也非常流利。他也许抗拒着我们的新语言，但是他实际比自己以为的掌握得更多。

睡觉前

我们房间的窗户开着。我可以听到外面草地里蟋蟀的叫声，还能听到附近一条溪流的潺潺流水声。我今天这么晚还没有睡是因为妈妈还在楼下跟伯爵和他的朋友们打牌。

一整天我都像一个外交官一样游走于妈妈和我的未婚夫之间，但是他们却决定要继续这么讨厌彼此。我真不知道该怎么办了。

当我从窗户望向外面的星空和一弯新月时，我发现我比以前更喜欢彼得了。我对他的感情依旧是像兄妹般的，但是更加真诚了。最起码，当我们结婚的时候，我们会是朋友。

我也意识到了，我的将来只有他和这个硕大的国家，却没有我的妈妈。虽然我依旧会向她表达我的敬意，但是我会把精力更多的投入在俄国和讨女皇欢心。

有一个问题困扰着我……我们什么时候结婚呢？现在看来没有人知道。

一下午坐在河边

已经记不清现在是什么日子了。但是女皇在几天前已经和随行部队到达了这里。我们已经在这里等了她三个星期了！

现在女皇陛下在这里了，于是每个夜晚都变得非常热闹，大家都高兴地跳舞和赌博。宫女们则互相比赛，为了赢得最高贵的礼袍。她们的笑声和音乐声一直持续好几个小时。一直等到大家都喝了太多酒变得醉醺醺的时候，我才得以悄悄溜回自己的房间。

今天早上吃早餐的时候，信使将女皇的简讯送到了阳光房。明天，我们将动身去基辅。日出时，整个宫廷——我们所有的货车、马车、侍从、士兵、马匹，还有牲畜——都会聚集在一起开始新的旅程。

我觉得自己像一个流浪汉，一个没有巢的小鸟。如果一直都这样从一个地方去到另外一个地方，我又如何能够在俄罗斯生根呢？我在这些混乱的旅程中唯一看到的好处是，我能够更多地了解俄国和这里的人民。

另外一方面，这里的天气比莫斯科更加温暖。一位使臣告诉我，我们现在和巴黎在同一个纬度，这个城市的夏天的天气，总是令人惬意。

1744年8月30日，基辅

昨天，我和女皇、彼得一起走在一座小木桥上，横跨波利斯锡纳河。桥上的一些横梁甚至都已经脱落，木板间隔得很远。透着间隙往下看，我每一步走得都很小心，生怕自己会不小心摔下去。可是女皇却自始至终昂首阔步，好像她这么做已经很多次了。我还没有意识到，这次旅行其实是她的另一次朝圣之旅。

牧师带着旗帜、图标和一个巨型的银制十字架，在基辅的城外迎接我们，带我们去佩切尔斯基修道院。祭祀和神职人员在那里吟唱赞美诗，他们的歌声像低沉的嗡嗡声。教堂的一面墙上有一幅圣母玛利亚的画像，传说是由圣路加彰显神迹画上去的。礼拜者远道而来，希望这个圣母玛利亚的神迹也能给他们带来奇迹。

我们跟着十字架，庄严缓慢地往前行进，头顶炎炎烈日。而我就更加窘迫了，因为我穿的裙子非常厚重，腰这里勒得很紧。当我不小心踩进细土中时，沙子都跑进了我的鞋子里。我很后悔自己没能在离开马车前好好梳洗一下。可是就在我心里暗自埋怨的时候，我发现周围的人群都在注视着我们——乞丐们向我们伸手要钱，村民则带着妻子和孩子。沿着一路，他们依次排开，成百上千。另外我发现也有一群朝圣者，正朝着我们微笑，他们吟唱着赞美歌，看上去显然已经走了有好几天了，从数百英里远的地方来到这个神圣的地方。

但是看到这一景象，我心里面却感觉很难受。因为我看到的绝大多数的人，都只穿着破布，而且他们都骨瘦如柴。

我不知道当女皇陛下看到自己的臣民遭受这样的饥饿和贫穷时，她心中作何感想，可是从她的眼睛里，我只能看到强烈的决心，至于她决心做什么，我却不知道。

当我们跨进修道院凉爽的小教堂时，我花了很久才让自己的眼睛适应周围暗淡的光线。突然我被教堂里叹为观止的装饰震惊了——雕塑上镶满了金银珠宝，精致的蜡烛，香和挂毯。彩绘玻璃窗高高悬在屋檐下，而屋檐下又驻扎着鸽子的巢穴。当高大的木质大门打开的时候，我能听到鸽子拍动翅膀的声音。

1744年9月8日，基辅

每天，我和大公都一起陪同女皇拜访一个又一个的教堂，也拜访女修道院。每天这样陪着她在烈日下行走好几个小时真的很累，只有当我们经过小河时才能感受到一些微风带来的凉爽。我们四个人并肩同行：女皇陛下、彼得、我，还有妈妈。人群只能远远跟随并注视着我们。

妈妈感觉这样的宗教活动真的非常无聊，但是，她还是很感激自己被邀请加入。虽然，女皇和我的未婚夫从头到尾都不同她说一句话。

当我们得知在这个城市有一个地下墓穴时，彼得和我都询问是否可以去一探究竟。如果能去探访一定会非常有趣，而且也能让我们远离酷暑。

"绝对不行，"女皇说，"那些地下墓穴都是邪恶的，而且充满了潮气。"

虽然下午都非常炎热，但是我依旧能感觉到秋天将至。每一天，太阳都越来越往下走。而晚上的空气也已经酷爽下来，每天我出去散步的时候，都需要往肩上披一条围巾。

我已经很累了，也正准备上床休息。今天的晚饭，我是一个人在自己房间享用的，牛肉汤配上蘸着橄榄油的黑面包。一个女仆还给我拿来了一块裹着糖霜的华夫饼干。

另外一些想法

在那些村民眼里，他们的女皇非常虔诚。可是当夜幕降临他们都回到自己的木屋时，他们中的绝大多数人都无法看到，女皇在太阳落山后的表现和白天截然不同。

女皇陛下热衷于主持各种晚宴、舞会、牌局，还有音乐会。前天夜里我们参加了一个户外的音乐演奏会，有一个专属的帐篷作为皇室包厢。当晚有管弦乐、芭蕾，然后还有独角戏和一台舞台剧。但是这场戏实在太长了，以至于当女皇在午夜过后两小时叫停演出时，它还没有演完。

烟火表演是压轴。绚烂的色彩点亮了天空。不幸的是，烟花的爆炸声惊吓到了马匹，导致它们开始乱跑，到处都是扯破的旗帜、砸碎的椅子和散倒在各处的酒瓶。我不知道是不是有人因此受伤，但是我真的听到一个女人在哭泣。

第二天

今早早餐后，一个服务生跑来宣布整个俄罗斯皇室今天起要往北行进回莫斯科。为什么呢？

伊丽莎白女皇感到无聊了。

莫斯科，我不确定具体的日期

原谅我，我亲爱的日记。这么多个星期以来我都没有写日记。怎么办，整整二十二天我都在颠簸的马车上……我真的很难再重新回忆并描述那些可怜的村民。

晚上

大公和我继续玩着幼稚的游戏。今天下午，我们在他的房间，还有一群年轻的服务生和他的三个矮人。我们每次都总想找一些新玩法。彼得建议我们用他大键琴的琴盖当雪橇玩。于是，我们把琴盖拆了下来，垫着枕头坐在上面往书房滑去。

我承认这真的很好玩，虽然在这过程中我一直要抓住裙子不让它掀过我的膝盖。我们欢乐的尖叫声引来了好几个宫廷管家前来查看，不过他们并没有制止我们。两个小时后，我感觉玩腻了，于是我亲吻了彼得的脸颊，回到了自己的房间休息。

其实这真的是一个非常无聊的游戏，但是我需要取悦我的未婚夫。看上去，我和他玩游戏玩得越多，他就会越信任我。到目前为止，他从来都不会和我提任何关于有一天我们俩会统治俄国这样的想法。每次当我提到想要帮助那些农奴时，他都会转换话题，取而代之，他更喜欢去八卦一些侍从或者什么阴谋的事情。

1744年10月初，莫斯科

树上的叶子开始凋零，颜色转成了橙色，就像一只只飘舞的黄色蝴蝶。站在外面感受这酷爽的空气真的是让人神清气爽，而且我还能看到如此美丽的景致。这不由得让我想起了我童年时代的那些快乐的秋天岁月。

但是面对如此美景，我却完全没有享受的兴致。因为女皇这两天对我很生气。哦，亲爱的日记，在如此高密度的监视下，我真的快要受不了了——我的一举一动都被监视着。事情是这样的：

我从我新的每月贴补中拿了一些寄给爸爸，希望能帮到我弟弟弗里德里克，让他得到妥善的照顾。然后，我拿余下的钱，买了一些新的裙子——请我在这里的裁缝量身缝制——还有一些鞋子、手套和袜子，另外，我还买了一些小礼物给我的女仆们。但是我最大的开支其实是花在了给彼得的订婚戒指上。

然后呢，今天晚上在歌剧院的时候，我发现穿过舞台，在我所处包厢的对面，女皇正在和莱斯托克伯爵进行热烈的讨论。从她的表情我能知道，她很生气。没过多久，伯爵沿着走廊径直走了过来——然后来到我和大公一起坐着的包厢——猛地把遮挡着的帘子拉开。

"你这个浪费的家伙，"伯爵对我说，"像个女皇那样花钱，可是你才不过是一个公爵夫人。你已经负债一万七千卢布了。你真的觉得你很了不起吗？"

我的嘴巴一下子张得很大，可是我一句话都说不出来。

伯爵还在继续："即使是女皇陛下在你这个年龄的时候，都不会浪费别人一分钱。她一直都很节省，受人尊敬，你也理应如此。"说完他就气冲冲地走了出去，撞得包厢的帘子来回摆动。

接着最坏的事情发生了。彼得转向我——我的朋友！他摆出了一个我很确定女皇能在对面看到的姿势。

"是呀，的确如此，菲琪，"他说，"我完全同意我姨妈的意思，你花钱真的太大手大脚了。"他的批评对我来说真的太惊讶了。我感觉非常受挫。现在我终于意识到，在他眼里，站在女皇陛下一边比成为我的朋友更重要。

之后我实在是太过沮丧，以至于完全没有兴致再去考虑玩耍。我回到了房间，可是之后发生的事情让我更加失望。妈妈跑来为同样的事情责骂我。

"菲琪，"她说，"我真的没想到你会这么蠢。这绝对就是一个十五岁的女孩一下子获得太多自主权后最会犯的错误。"

我感觉非常受挫!

从来都没有人和我解释过这些,我又从何得知我该怎么做呢?我从来都不知道我的开销要低于一定的预算。我感觉非常困惑,因为除了这些钱,之后我还收到了许多女皇赏赐的珠宝啊还有其他一些珍贵的东西——有时候,一个星期里她还会送两次那么多。哪怕是今天,我还收到了一个三英寸高的精致摆钟,它的底座镶嵌了一排珍贵的蛋白石。

如果爸爸在这里帮帮我该有多好!他说得没错,和伊丽莎白女皇一起生活真的非常难。

现在我要去睡觉了,在我的眼睛变得更加模糊前。楼下大厅里的自鸣钟刚刚敲响了报时,现在已经是午夜了。

第二天早上

我把我的管家找来,要求他把我账下所有的开支都列出来给我。

的确，我真的欠下了一万七千卢布，惊人的数目啊！我完全不知道我应该严格控制自己的花销。但是好消息是，女皇给了我一笔补贴，一共是一万五千卢布，我正好拿来偿付自己的欠债。那也就意味着，我还只欠两千卢布。我在考虑是不是要卖掉一条项链或者胸针。不过后来仔细一想，还是算了吧。

女皇并没有说，将来什么时候，她会不会再给我更多的补贴。如果真的这样的话，那么我就有钱来偿付剩下的欠债了。从现在起，我一定要严格控制自己买的东西。妈妈、我的未婚夫还有女皇三个人同时对我生气真的让人很是苦恼。

我感觉自己一下子像孤立在屋顶上的小鸟。

午夜过后

我刚洗完脸，换上睡袍。现在我正用最舒服的姿势坐在床上，靠在枕头上，享受今天的最后一个小时。在我墨水盒旁边的蜡烛已经烧得只剩很短一截了——只有两英寸长——所以在蜡烛烧完之前，我不能把今天发生的所有事情都记录下来。

从哪里开始呢……跳了一晚上的舞，我真的累坏了。当然，今天的舞会和我平时参加的并不一样。

今天，我打扮成了一个男孩！

一切都开始于今天下午，当时宫女带来了一封舞会的邀请函。邀请函是写在一张非常精致的信纸上，但是上面的要求却很奇怪。我被要求穿着男子的服装参加舞会。我不由得好奇地抬起了眉毛。

"小姐，这是一个旨意，"宫女对我说，"这是女皇陛下的旨意。"

我能想到的唯一一个能借到这些衣服的衣橱，就只有彼得那里了。当我敲了他房门的时候，他亲自来开了门，还非常热情地招待了我，在我的脸颊两侧各亲吻了一下，就好像他之前完全没有对我生气一样。

彼得，也正对着他的邀请函一头雾水。因为他收到的旨意是要穿女孩子的衣服。当我们看了一眼他那个超大的衣橱时，我们都忍不住咯咯咯笑了起来。当他问我怎么穿裙撑和戴无边帽的时候，他的脸涨得通红，我实在是觉得很好笑。

到了舞会的时间，我们两个穿着对方的服装盛装出席——我甚至在他的脸颊上扑了胭红！

还没有讲完，但是蜡烛却快要熄……

第二天——关于化装舞会

大公和我一起抵达了舞厅，我们等在入口处，却不知道从哪里进去。一支管乐队正开始演奏华尔兹。当我们步入大厅时，我们发现一个男子正从房间的最里边大步走过向我们打招呼。他很高，长得相当英俊。他戴着白色的头套，穿着马甲、及膝的马裤还有一双白色的长筒袜。脚上的高跟鞋让他看上去更高了，不过同时也让他在走过来的时候脚步变得很重。

"晚上好①！"但是这个男人发出的却是女人的声音。她是女皇！

当我环顾四周后才发现，那些穿着裙子的女人们

——————————
① 原文为法语。

其实都是男人。他们看上去非常拘束，脸上的化妆品也没有能够遮盖住刚刚刮完胡子的脸。而那些穿着男式马裤的女士们看上去也很糟糕，因为他们难以掩盖自己的丰满的胸部和臀部。

我也好不到哪里去，穿着这身奇怪的衣服，我有点碍手碍脚。特别是跳舞的时候，就更难了。当音乐开始的时候，我常常因为要转换成男式领舞的舞步而跳错步子。其实我一点都不喜欢这个，我真的只是为了取悦女皇才从开始一直跳到舞会结束。

不过，彼得似乎对他姨妈的想法完全不在乎。在一开始遇到一些挫败后，他就直接扯掉裙子，脱掉裙撑，把它踢到角落里，然后气冲冲地跑了出去。

我想在场的男士们一定也很想这么做，他们只是不敢。

女皇似乎对自己男性的角色和戏弄她的客人们，乐在其中。

关于我花钱的这件事情，她是不是还在生气，她完全没说。一曲华尔兹结束后，她拉着我去餐桌，倒了两杯红酒给我们。她举起了杯子和我干杯，和我的杯子互碰了一下之后，仰头把手中的酒喝得一干二净。

我喝完我的酒时，感到头很晕。哪怕到现在，我都觉得有些反胃。

妈妈并没有被邀请参加这个舞会。

1744年11月13日，莫斯科

天气越来越冷，外面开始刮起狂风，阳光也变得越来越弱。有的时候，我都能感受到空气中弥漫着即将要下雪的味道，不过到目前为止，大地还没有被雪覆盖。

每个周二，女皇都会举行一场和上次一样的化装舞会。和我年轻时参加的化装舞会不同，我们没有选择自己装扮的权利。一切都听从女皇的命令，男人装扮成女人，女人则反过来装扮成男人。

在我眼里，这只是一种粗俗的娱乐活动。我只是遵从女皇的命令参加，但是彼得却拒绝参加。

今天晚上，当侍从们端上核桃塔的时候，彼得轻声告诉我说他不舒服。我用我的手摸了他的脸颊。他的脸很烫，他在发烧！我立刻召见了就住在我们楼上一层的医生。

于是大家一阵手忙脚乱地把彼得送到床上安顿好，然后遣我回到自己的房间。

我们被分隔开来，以防万一他得的是传染病，我不至于被传染到。

第二天

我的未婚夫得了麻疹！

因为我从来没有得过麻疹，所以我俩被分隔开来，不能同时出现在一个房间里。因为很多年前一段不愉快的经历，他的病让我很担心。记得那是刚下了第一场雪的秋天，我们村子里的几个孩子陆续得了麻疹而病倒了，一个接着一个，他们都死了。

万一彼得死了，女皇会怎么处理我？

之后的下午

我已经开始想念我未婚夫的陪伴了。自从我们上次的聊天，已经过去很多天了。他的随从一再向我保证他已经脱离了危险。我希望这是真的。

今天，我突然比以前更想念爸爸、弗里德里克和我的小妹妹乌尔丽克。不知道他们此时此刻正在做什么，我希望我弟弟能够早日康复起来。

1744年11月19日，莫斯科

今天早上我在吃早餐的时候，一个卫兵送来了口信，说大公的病已经痊愈了，并且他很想见到自己的夫人，那就是我。

你能想象，当我走进彼得房间的时候我有多么惊讶吗？他的玩具士兵排成一排摆放在窗台的深处，面对着窗口外灰色的天空。站在他身边待命的是他的三个侏儒，他们的小短腿套在了对他们而言显然太大了的靴子里。他们向彼得行礼，接着又向我行礼。

"叶卡捷琳娜上校。"他们整齐划一地向我致敬。

彼得从床上对我说话。他正坐在一堆羽毛枕头中间。"你升职了。菲琪。"他说。

我环顾房间四周，然后注意到了那只老鼠——菲茨罗伊将军——还是被皮带拴着，在早餐盘下的地板上嗅着地上的味道。它红色的小夹克上，有两排金色的纽扣，而它的尾巴和它的身体一样长。

"升职?"我不知道除了这个我还能说什么。

"进来，进来，"彼得大叫道，"游戏才刚开始。"

于是我们就这样消磨了一天时光，和他的菲茨罗伊将军还有军队打仗。

1744年11月29日，莫斯科

如今，彼得已经痊愈了，我们又开始打包行李。女皇计划在圣诞节前回到圣彼得堡。

对于人公能从麻疹中康复，大家都松了一口气，特别是我！一想到如果他死了我会怎么样，我就感到惊恐万分，都不敢把我的害怕说出来！妈妈却在只有我们两个人的时候，把这个担忧说了出来。一想象到我们可能会那么不体面地被送回去，她就急得像热锅上的蚂蚁。

哎，亲爱的日记，我并不热衷那么多旅行，特别是坐雪橇的旅行。现在外面已经是严寒了，雪橇一加速前进，外面的风就会呼啸而来。哦，我真的很想就一直待在暖和的地方不要动！比如现在我自己房间的火炉边，就是个舒服的地方。

比起莫斯科，圣彼得堡会更冷一些，因为它在地理上更靠近北面，并且靠着波罗的海岸边。靠近海洋的地方一般都很潮湿，而且寒冷刺骨。我是在我的家乡知道这些的，因为什切青也靠近波罗的海南边的海岸。

当我在靠窗的桌子上写字的时候，一抬头我就能看到窗外面，楼下花园和外面安静的街道上已经积起了皑皑白雪。今天从早上就开始下雪，一直没有停过。我坐在这里裹着鹅绒被都觉得冷，那么我很难想象那些站在门口执勤的卫兵们，该有多冷。从楼上我房间这里望去，他们看上去就像一只只长满皮毛的小动物。

终于，我要去睡觉了……钻进我温暖的被窝。

1744年12月18日，兹韦尔

这些天我过得有些稀里糊涂。但是我之所以知道今天的日期，是因为今天是女皇的生日——她三十五岁的生日。一离开莫斯科，她就一直坚持要来这里，在这个城市过节。所以，我们现在就来了。

雪橇拉着我们大概在下午三点抵达了这里的宫殿，差不多是日落的时候。我冷得直哆嗦，两个随侍的侍从拿了一条皮草裹在我身上，然后抬着我走进了宫殿。洗澡的热水已经准备好了。其他那些夫人，包括妈妈，也被这恶劣的天气给冻坏了，可是她们只能自己走进来。我们一路上快马加鞭地赶路，起码累死了两匹马。

从我的房间望出去能俯视整条伏尔加河，现在河面结冰了，上面是白茫茫一片。因为天气实在是太冷了，今天并没有孩子在外面玩耍。前面一位宫廷内官跑来说，一阵大风过后，现在外面的温度低于零下三十华氏度。

我必须把笔放下，合上日记本了。妈妈前面获准进来我的房间，帮我挑选宴会的衣服。她为我挑了一条蓝色的外袍，上面有皮草领子。宴会将在一个小时后举行。

在我洗完澡后，一个服务生跑来轻声告诉我，晚宴的时候，妈妈必须坐在远离我的另外一个桌子上，和其他夫人们一起。我希望这一次，她千万别再闹出什么动静来。

睡觉前

终于，我能安静下来了！女皇的宴会总是那么吵闹，又是跳舞又是音乐，还有打牌和各种大笑声。但是彼得今天并没有参加。他脸色很不好。他没有像平时那么逗我玩，不知道怎么了，我开始担心起他来。

我现在必须上床睡觉了。明天我们一大早就要离开去沙基洛夫，在这里到圣彼得堡中间。

我们现在在沙基洛夫

一个紧急事件！

一抵达沙基洛夫，我就看见彼得从我们前面的雪橇里出来了，但是没有走多少步，他整个人就倒在了雪地里！两名卫兵赶紧冲到他的身边把他抬进房间里。我都没有来得及披上皮草大衣，就跟着跑了过去。

当我走到楼梯上时，侍从官把我拦住不让进彼得的房间。

"大公发烧了，殿下，"一个男人对我说，"而且身上有疹子。我们受命不能让你靠近，以防他的病会传染。"

当侍从领着我和妈妈参观我们的房间时，我整个人都无精打采的。现在，我正坐在一个小桌子前，靠着火炉写日记。一只黄猫一直陪伴着我，躺在我的腿上。它在我的腿上呜呜叫，好像我们已经是老朋友了，这让我感觉好了很多。再过几分钟晚宴就要开始了，我还是必须穿戴整齐。

可怜的彼得，我知道生病有多糟糕，特别是在刚痊愈后又生病了。不过，那些疹子到底是什么意思？难道他又得麻疹了？

我忘记说了，女皇的雪橇在我们之前停下来换马。之后她会继续一路向前赶路。只要天气状况良好，他们会日夜不停地一直赶路。

也就是说，她还不知道大公生病了。

第二天晚上，沙基洛夫

哦，亲爱的日记，这个消息真的是太糟糕了。

今天早上早餐后，我拉着妈妈，想和她一起去看望彼得。一个卫兵守在他的房间门口，叫我们先等在门廊。过了一会儿，太医走了出来，他的神色看上去很严峻。

他说出了一个词，我完全惊呆了。我想我有那么一刹那，我的心脏都要停止了。

"天花。"

我的膝盖一软，差点摔下来。在我摔倒在地上之前，他及时拉住了我。

天花。

一个可怕的疾病。就像瘟疫那样，而且一般总是致命的。

现在已经过了午夜，但是我还是辗转难眠。妈妈很难接受这个消息，她直接昏倒在地，被抬着放到了床上，然后被喂了一勺药水。现在，她和我一起困在了这个又大又寒冷的国家，没有朋友，还有可能也没有未来。

我们已经派了邮差飞奔去追赶女皇，我们一定要尽快让她知道，她的外甥很有可能活不到圣诞节了。

八个小时后

妈妈从昏迷中醒来后，就跑来我的房间，通知我她决定明天黎明就带我一起离开这里。她已经下令叫我们的雪橇和马车还有仆人都准备就绪。因为女皇现在并不在，所以妈妈做什么也没有人管。

"菲琪，我们真的不能冒险待在这里，我们可能会被传染的。"然后，她告诉我，她自己的哥哥就是在同伊丽莎白女皇订婚后得天花过世的——这也是为什么，女皇陛下会从一堆女孩子中选出我，考虑我做大公的新娘。因为她深爱的未婚夫是我的舅舅。

哎，亲爱的日记，这一次我真的准备去睡觉了，我的心情很沉重。明天还要赶路！现在天气越来越寒冷了。整个下午天都灰蒙蒙的，还飘了雪，刮了大风。

我担心妈妈有点焦虑过头了。我内心深处更想和彼得在一起——他是我未来的丈夫呀！一想到将来我们有可能再也见不到彼此，我就忍不住想哭。如果女皇到时候发现妈妈又没有遵守规矩，她又会怎么办呢？

几天后，圣彼得堡

我已经记不清具体是什么日期了。

发生了很多事情让我感到不安。彼得的健康，还有女皇怎么看待我。

事情是这样的：

那天我和妈妈在路上，我们的雪橇突然停了下来。我拉开窗帘往外看，发现女皇的雪橇正从对面驶来，慢慢停了下来。她的卫兵在询问我们的马夫，随后挥了缰绳，那辆皇家雪橇从我们边上经过——虽然只是一会儿——但是时间也足够长到让我们看到女皇对着我们生气的表情。

"我错了，夫人。①"我喃喃说道。

之后她放下了窗帘，继续往南走。她一定接到了彼得的消息，所以特地赶回到沙基洛夫来照顾他。

虽然女皇在经过的时候并没有说什么，但是毫无疑问她对我很失望。也许她觉得我已经放弃了我的未婚夫——事实也的确如此！因为她自己的未婚夫死于天花，她可能永远都不会原谅我。

天哪，我的心好沉重。

虽然我听了妈妈的话，和她一起回到了圣彼得堡，但是她对我也很生气。今天早上，我正在图书馆，坐在窗边的一个桌子边。外面正飘着小雪。白雪反射在窗玻璃上，照亮了整个图书馆，阅读起彼得的

① 原文为俄语。

信更容易了。我试着用俄语写信，因为我知道女皇一定也会读这封信。

当妈妈要求我告诉她我写了什么的时候，我犹豫了。习惯上，我用法语思考，而现在我又必须将俄语翻译成她听得懂的德语。但是，我还没有能解释，她就一巴掌重重地打在了我的脸上。

"你这个不懂事的孩子，"她说，"你怎么胆敢向你妈妈隐瞒事情！"

我忍不住大哭了起来。她没有再多说一句话，就转身离开了，裙摆带起一阵冰冷的风。

1744年圣诞夜，圣彼得堡

昨天，当我和我的宫女们一起用下午茶的时候，信使带来了一封女皇的信。我离开站起来，拿着信冲到了窗边，就着外面的光线，把信拆开来快速浏览。还好，她是用法语写信的，而不是俄语。

当得知我的未婚夫还活着的时候，我大大松了一口气。虽然他时不时还会有些神志不清，而且一直都高烧不退。女皇说，她一直待在彼得的房间陪着他，寸步不离。彼得的床边有一个小床，有的时候，等彼得睡着的时候，她也会去小床上小憩。看上去，她并没有太多担心自己也会传染上这个可怕的疾病。我很佩服她的勇气。

我本来以为她会对我没有留在沙基洛夫而责骂我，可是她并没有，反而还赞赏了我俄语进步神速。我想她可能不知道，我的导师已经帮我修改了信上的语法错误，我可怕的语法问题！

我们现在在冬宫，一个很枯燥的地方。这里的大厅一点圣诞节的气氛都没有，什么都没有装饰，也完全没有举办节日晚宴的计划。所有的一切都感觉只是十二月里最稀松平常的一周，灰蒙蒙的天空，阴冷，没有一丝欢乐的气氛。

俄罗斯看上去比我的家乡还要荒凉。

1744年，圣诞节，圣彼得堡

我们举行了一个小型的圣诞庆典。妈妈送给我们的女仆们每人一对珍珠耳环作为礼物。然后她送了我一个她自己的小画像，大小正好能放在我的手掌上。这幅画一定是在我们还住在策尔布斯特的时候画的，因为在这里我也还没有看到过什么艺术家。

当我撕开包裹礼物的绸带和包装纸时，妈妈对我说："这是为了让你记住我。"泪水在我的眼眶里打转，我知道，我和妈妈在一起的日子，越来越短了。

现在我待在自己的房间里，坐在壁炉边上。亲爱的日记，我一直忍不住地掉眼泪。如果彼得真的死于天花——就像许多死于天花的人那样——那么我就会被遣送回去。

可是如果他活下来了，那么我们就会结婚，这也意味着，妈妈会在之后离开俄国。虽然她经常做出一些不讨人喜欢的事情，但是她依旧是我的妈妈，我会很想念她的。

女皇给我的礼物

今天下午，当一个搬运工提了一个篮子出现在我的房间，你真不知道我有多惊讶。看上去，篮子里的东西是个活物。我打开了盖子，发现里面是一只英国小猎鹬犬，正抬头盯着我看，不停地摇着它短小的尾巴。

哦，我真的好喜欢我这个小宠物！我的女仆们已经开始就着它小小的身板，帮它裁剪做衣服了。它实在是一只可爱的小家伙，让人忍不住想要把它抱在怀里，一扫这个冬天的阴霾。我给他取名叫伊凡·伊凡诺维奇，一个我认识的外交官的名字，他也有一头黑色的鬈发和一双黑色的眼睛。

1745年1月1日，圣彼得堡

去年的今天，我正坐在策尔布斯特家中的餐桌上，享受着父母、弟弟还有小妹妹的陪伴。当我收到那封改变我命运的信件的时候，外面也下着雪。

现在我则坐在俄国皇宫靠窗的椅子上，已经和我的表哥订婚了，可是他随时都有可能会死于天花。妈妈已经变成了这里所有人的公敌，而爸爸则被禁止入境来看我。我有了一个新名字，一个新的宗教，还有一个新的称谓。那些钻石或宝石的礼物，在我看来，如今已是触手可及了，而我也有可能会在某一天成为整个俄国的女皇。

在以前，我怎么可能想象得到这一切呢？

晚上当我爬到床上准备睡觉的时候，伊凡·伊凡诺维奇蜷缩在我旁边的一只枕头上。我悄悄告诉它一个小秘密，它摇了摇自己的尾巴，好像能听懂我说的每个字。它的个头和彼得的菲茨罗伊将军一样大，可是它抱起来柔软多了。

1745年1月3日，圣彼得堡

我现在正在写书！事实上，这只是一本涂满我想法和所见所闻的小册子。这本书是《一个十五岁哲学家的肖像》。也许，等我的小妹妹乌尔丽克开始识字的时候，我会寄给她读。

虽然外面还是很冷，我今天早上还是跑到外面去呼吸了新鲜空气。我穿着差不多一年前女皇送给我的皮外套和披肩。我用一只皮手筒把我的小狗包裹起来，紧紧抱在怀里，只留着它黑色的鼻子在外面可以呼吸到外面的空气。我走在雪地上，皮靴踩在雪地上发出咯吱咯吱的声音，我呼出的水汽差不多一接触空气就结冰了。到外面来感受一下冬天微弱的阳光，我感觉自己精神多了，我回到了自己的房间，带着重新获得的乐观。

还有一个新的计划。

我将要继续学习俄语，像为有一天我会统治这个国家一样来准备。我要读尽可能多的俄语书。如果大公死了，我也会希望伊丽莎白女皇能把我留下，做一个值得她信赖的陪伴。那样的话，能够和她聊政治和文化就会变得很重要。

那样的话，她可能就不会把我赶走了。

在皇宫图书馆待了一下午之后

在靠窗的一排书架上，我找到了两本用法语编著的古旧文卷。一本是古希腊历史学家西塞罗著名的演讲《伟人的典型生活》。另外一卷我拿到桌子上来看的是出版于1734年，孟德斯鸠写的《罗马盛衰原因论》。

我最爱历史了！我已经了解到，那些伟大的人，也会干出一些愚蠢的事情。

第二天

雪越下越大。整条河面上结着厚厚的一层冰。大家告诉我，起码要等到三个月后，河面才会开始融冰，船只才能够驶入圣彼得堡的港口。这里的冬天实在是太漫长了！

每天，我都坐在我窗边的椅子上看书看很久。伊凡·伊凡诺维奇就待在我旁边的一个靠垫上陪我。今天早上，我把它打扮成一个穿着蓝白条纹衫的水手——为它做的小帽子还有两个洞，正好把它的耳朵拿出来。吃早饭的时候，我把它放在桌子上，这样它能吃碟子里的食物。等它吃完后，它走到妈妈那边，妈妈还没来得及把它赶走，它就已经从盘子里叼了一根香肠，放在桌子的当中。它就在那里，前爪牢牢地抓着香肠，啃了起来。

妈妈的脸涨得通红，她拿了一条餐布覆在自己的嘴上。我以为妈妈要发怒了，但是过了很久我才发现，她在大笑！如果我的弟弟妹妹或者是我这样偷一根香肠，一定会被妈妈责骂的。伊凡·伊凡诺维奇真的不知道，大家有多么宠爱它！

我每天都给彼得写信。

1745年1月15日，圣彼得堡

今天我收到了来自女皇的信，信里她告诉我，彼得正在痊愈中，而且马上就能够旅行了！他们计划两星期后从沙基洛夫出发——我已经等不及再次见到他了。

今天晚上，我和我的女仆们把伊凡·伊凡诺维奇打扮成一个将军。他深红色的外套从肚子往下扣着扣子，还有一把棉布做的假剑插在他身体的一边。他现在已经习惯戴一顶帽子，用皮筋拽在两颊下了。它今天的扮相给我们晚宴的客人们带来了欢乐——来参加晚宴的一共有二十多个人。它看上去也很享受这一切，因为听到我们的大笑声时，它得意地抬起头，一路踩着桌布往前走，就好像正在检阅它的队列那样。

1745年1月20日，圣彼得堡

信使昨天晚上抵达，带来消息说女皇计划明天启程回来。不过，彼得的身体还没有完全康复，所以他们计划每天只走一小段，晚上停下来休息，保证他能睡在温暖的床上。

听到大公没有死，妈妈松了一口气。今天一整个早上，她都在提醒我彼得的优点。我真的大吃一惊。现在，她开始说彼得很聪明，非常有教养，而且很英俊。

"你们有那么多相似之处。"妈妈的意思是我们有一样的母语（但是我们平时并不用德语一起聊天），我们都是路德教（但是我们已经不再尊崇它的教义），我们都很年轻（但是这也说明我们对婚姻、爱情一点经验都没有），还有我们的皇室称谓（这也意味着人们希望从我们这里得到好处）。

我想，妈妈可能只是想保证，当我见到彼得时，我不会改变主意。

"天花会留下疤痕。"她说。

这我知道。

1745年2月1日，圣彼得堡

今天早餐后，厨房发生了一场混战。一开始等伊凡·伊凡诺维奇吃完自己盘子里的食物后，我把它放在了地上。刹那之间，它从我椅子底下冲了出去，转了一个弯——我能听到它的爪子在大厅大理石地板上滑过的刺啦声。突然外面传来了锅碗瓢盆掉在地上的巨响，还有一个仆人的尖叫声。

我急忙跑出去追赶它。厨房里乱成一片，到处是倒翻的汤罐和倒在地上的凳子。我的小狗正在储藏室——大声吠叫着——在那里，它把一条和它一样大的老鼠逼在角落里。

这不是一条和菲茨罗伊将军那样穿着红色夹克和缰绳的打扮得好看的老鼠，这是一条真的家鼠。它又脏又瘦，正卷起嘴唇露出尖利的牙齿，随时准备出击。我立刻拉住伊凡的短尾巴，把它拖出了储藏室。就在这时，这只老鼠迅速的钻到橱柜下面，消失不见了。

总的来说，这真的是这个冬天最让人兴奋的事情了。

稍稍平复心情后，我开始用法语写我的"著作"，我已经写了二十多页了。等我完成后，我打算再用德语翻译一份，这样乌尔丽克和弗里德里克就也能阅读了。

另一个深夜

我带着沉重的心情写下这些内容。女仆已经帮我把床铺好了，也在水盆里倒满了热水好让我洗脸。但是我现在实在很痛苦，一点都睡不着。

女皇和大公在今天回来的。下午四点的时候，我被叫到大厅去迎接他们。当时天色已经很暗了，大厅里也只点了很少的几支蜡烛。

可是彼得站在阴暗处的身影还是把我吓到了。他带了一个比他脑袋大太多的假发，而且身形非常消瘦。不过，让我很难走近他的，还是彼得的脸。我真的吓得一动都不敢动，更不要说上去拥抱他了。

"你好啊，菲琪。"他用沙哑的声音和我打招呼。

我现在很后悔自己没有勇气和他说话，而是立马逃回了自己的房间。

从下午到现在，我一直都待在自己的房间里。我的晚餐还放在床边的托盘上，一点都没有碰。

很可惜，彼得还是毁容了。那些布满他的整张脸的痘印很深，而且都有钱币那么大。虽然这么说很不好，可是我真的不知道自己能不能再接受这样的婚姻。

我实在太想念爸爸了。我希望他和我的弟弟妹妹此刻能在这里，能让我回想起我那无忧无虑的童年时光。

第二天早上

女皇豁免我，让我不需要参加宴会和那些必须参加的正式场合。这样好给彼得和我重新熟悉认识的机会。但是到目前为止，我们还一句话都没有说。彼得拒绝任何公开场合。我不知道该做些什么，也不知道该如何向他道歉。

现在我正坐在自己的桌子边，伊凡·伊凡诺维奇就在我的脚边上，不停地摇着尾巴看着我，就好像它正努力想要让我振奋起来一样。噢，我的小狗实在是一个非常爱我，非常忠心的朋友。

1745年2月9日，圣彼得堡

一年前的今天，妈妈和我抵达了这座冰冷的城市。那个时候，我的心里面充满了希望。可是现在，我却不知道眼前的道路究竟在何方。

1745年2月10日，圣彼得堡

今天大公已经十七岁了。女皇和我只能独自吃饭，因为彼得完全不愿意离开自己的房间半步。吃饭前我特地跑去他的房间，祝福他早日康复，但是他从头到尾都忙于和他的那些玩具士兵还有菲茨罗伊将军（现在有了一件新的蓝色夹克）玩耍。从头到尾，彼得都不抬头瞧我一眼。

晚饭的时候，女皇用俄语同我说话，说了许多我听得懂的赞美之词。

"你很漂亮，我的孩子，"她说，"而且，一天比一天美丽。"她还称赞了我的俄语，虽然现在我说得还是很慢。许多时候，我必须先在脑子里面思考那些词汇，然后再把它们翻译出来，最后努力说出来保证发音正确。

那些侍从和宫廷成员们都注意到了女皇对我的关心，于是现在他们也开始善待我。或许可以这么说，他们开始讨好我。

这的确让我感觉很好，但是我知道女皇的用心。女皇陛下希望我能够被她的这些善意所感动——包括其他所有人的——这样我就会愿意留下来。她希望我愿意和彼得结婚。

其实，她完全不必担心。在过去的这个星期里，我已经想了很久了。

即使我的未婚夫是一个一点都不迷人，整天只知道玩玩具的还像个孩子的男人，他依旧是我的未来。如果没有他，我将会被送回到德国，带着耻辱而且会穷困潦倒。没有他，我将失去带上俄国皇冠的机会。

所以，这就是我的婚姻。

我们的婚期

伊丽莎白女皇把我们的婚礼定在了 8 月 21 日，六个月以后。到了那个时候，涅瓦河的河面也已经融化了，带着货物的船只将会顺利从各个外国码头横跨波罗的海到达这里。

这将是在圣彼得堡举行的第一个皇室婚礼，女皇陛下想要把这变成最盛大的婚礼，让人们永远都会提到它。她已经下单，从巴黎购买了最新款式的软边帽和裙撑。还有那不勒斯的丝绸以及其他用来做裙子和墙壁吊饰的各种织品。到时候，仆人们会穿上新的制服，驾着新的马车，餐桌上会替换上新的德国餐具和佛兰德餐布。她已经从德雷斯顿和马赛的宫廷要来了最近一次奥古斯特三世和法国皇太子婚礼典礼的细节和礼仪程序。她还下令要做和路易十五世宫殿里一样的椅子和吊灯。

到了8月21日，将是夏末，天气适宜，应该能保证那些受邀的高官和皇室成员舒适的旅程。伊丽莎白女皇告诉我，宾客的名单差不多有一千多个人。

我并没有问她，为什么我自己的爸爸、弟弟还有妹妹不能获准来参加我的婚礼呢？

另一天

我和女仆现在在教伊凡·伊凡诺维奇只用后腿走路。在餐桌上，我们在它下巴下系一条餐巾，让它随便在它喜欢的地方吃东西。现在，它特别喜欢吃牛肝，上面配上奶油酱。很快，它会肥得像一个牧师那样。当我们拍手时，它会站起来，像人类那样只用两条腿跳舞。今天晚上吃饭的时候，它穿了一件粉色的丝绸夹克衫，还戴了一顶绅士的圆帽，在帽檐还有黑色的绒毛。

1745年3月1日，圣彼得堡

现在外面依旧很冷，但是太阳一天比一天升得高，一点一点地温暖着大地。大斋节的时节马上就要来了。我还没有完全适应东正教的仪式，所以我也不确定自己到时候该做些什么。

1745年3月17日，圣彼得堡

这个消息坏透了……我心痛得无法呼吸，对我和妈妈来说，这个打击实在是太大了。

今天下午，当我俩在阳光房享受下午茶和司康饼的时候，一个宫廷内官从玻璃门走了进来，递给妈妈一封信，然后就离开了。从信封上的笔迹来看，我知道这一定是爸爸从策尔布斯特寄来的。

妈妈带着愉快的心情揭开了信封开始阅读。可是她脸上的表情一下子呆住了。信纸从她的指尖滑落在地上，随后她就哭了起来。

我弯下腰捡起信纸的时候，读到了这些字："……小乌尔丽克死了……"我的喉咙一紧，我强迫自己镇定下来读完这封信。

爸爸在信中写道，乌尔丽克得的是和弗里德里克一样的病，可是她太小太弱了，所以没有能够康复过来。我的小妹妹！她还不到三岁啊！

我不知道该怎么安慰妈妈。我们就那样坐在渐渐变弱的阳光下，一动不动，什么都没有说；突然，我想起了伊凡·伊凡诺维奇。当我把我的小狗带到妈妈面前时，她抚摸了它的脑袋，让它舔自己的脸。伊凡·伊凡诺维奇紧紧靠着妈妈的脖子，让她抱着自己哭泣。

"谢谢你，菲琪。"妈妈说。

在那一瞬间，我比任何时候都爱我的妈妈。

第二天

妈妈还是沉浸在没有能够参加我妹妹葬礼的悲伤中。显然当我们收到爸爸的信件时，这个悲伤的仪式已经发生了。自从我弟弟威廉过世以来，我从来没有见到妈妈这么悲痛过。

医生说每天早上我必须多喝牛奶和塞尔查水①，这样才能让我健壮起来。塞尔查水的味道比伏特加还要难喝，但是既然被医生要求，我就一定会喝的。

复活节来了又走了……

请原谅我，亲爱的日记。我没有能够忠诚地一直写日记。宗教盛典、大斋节、耶稣受难日，还有复活节都在我妹妹过世的阴影下度过了。因为心里还带着悲伤，所以我并没有感受到太多节日的愉悦气氛。我

———————
① 德国一种含碳酸气体的矿泉水。

想我需要时间，要过很久我才能在想起乌尔丽克的时候不再流泪。

在过去的几个星期里，我和妈妈走得更近了。我们经常一起在慢慢变绿的花园里散步。春天已经到来了，我们可以在寒冷的空气中感受到春天的脚步。小鸟在头顶的树枝上雀跃，河面上的冰面开始融化，原本被皑皑白雪覆盖的地方也因为融雪而变成棕色。

我和妈妈之间保持着平静的心情，虽然我知道，三个月后，我们必须分别。我的婚期日益临近了。

1745年3月24日，圣彼得堡

今天女皇告诉我，我的俄语非常流利。

我反对说，我的发音还很不标准，词汇量也很局限不够多。但是她说："胡说，我的孩子。如果你能准确地表达自己，又能够理解别人在说什么，那么就足以证明你的俄语非常流利了。不用担心你的发音。"

现在，只要我和她在一起用晚餐或者在庭院里面偶遇，我们都只用俄语交流。感受到她对我的喜爱，让我觉得自己好像变成了她的女儿。

另一方面，彼得虽然完全懂我们的新语言，但是他依然坚持使用德语。他的无动于衷让我感到很受挫。如果他一点都不在乎，那么我们又怎么可能亲密起来呢？他酗酒，这已经不是一个秘密了。

亲爱的日记，我一点都不希望自己将来和一个陌生人生活在一起。

1745年4月21日，圣彼得堡

今天是我十六岁的生日。

女皇送了我一个实用的礼物，八个和我一般大的俄罗斯女仆。她的目的是希望我能够日日夜夜都有机会练习俄语。她说，一旦我不再用德语，比如我和妈妈独处时只用德语讲话那样，那么我的俄语会更加流利的。

八个女仆中有两个是侏儒。她们站起来只到我的胸口处，而且她们穿着非常小巧的特制鞋子。她们的任务是替我收拾整理我的粉底、腮红、木梳、发簪还有面纱——那种宫廷里的夫人们用做脸罩的，能让她们的脸色看上去更白皙的一小块黑色的纱布。虽然我有一整盒这样的纱布，但是我一点都不喜欢贴这样的东西在自己的脸上，那会让我看上去像一只昆虫——面纱在法语里面是苍蝇的意思！

另外六个女仆的工作是整理我的衣橱、绸带、亚麻制品、蕾丝还有珠宝。另外，她们还要照看我的家具，确保它们及时打蜡。当我们九个在一起的时候，我们都很开心，一直话说个不停。女皇还不知道这一点，不过我们喜欢把门关上，在里面玩捉迷藏。伊凡·伊凡诺维奇总是想要加入我们，每次它都在那里叫，追着我们跑，好像它是将军那样。

能和这些年轻的女孩子在一起我觉得好开心！而且完全沉浸在俄语的环境中对我也很有帮助。夜晚睡觉时，俄语的词汇就一直穿梭在我的睡梦中。

1745年5月3日

妈妈和我正坐在芳塔娜河畔的一个石屋里，这座石屋比邻彼得大帝的一个老宅。离这里稍远一些的地方是我的未婚夫和女皇选择落脚的夏宫。这里的房子，因为没有火炉供暖，所以一年里只能住几个月。虽然这里的晚上还是很冷，不过躲在鹅绒被底下，感觉还是很暖和的。

根据女皇的示意，已经有人来替我量体裁衣做婚礼礼服了。一些艺术家将自己的设计想法呈现给女皇看，随即女皇的宫女们拿着这些草图给裁缝看，裁缝们又来到我的房间给我量体。我已经在这里一动不动地站了一个多小时了，期间裁缝们拿着皮尺测量记录了各种数据，还拿别针和布料在我身上反复比划。

真正拿来做礼服的衣料还没有送过来，但是从草图上已经能看出来，这是一条非常高雅的礼服，用银色的织锦裁制。设计是西班牙的风格，有短袖和收腰，还有委拉斯凯兹风格的长裙摆。在肩后，缝制用银色蕾丝拼接的小斗篷，上面镶嵌着各种女皇赏赐给我的珠宝。接缝处还会缝上银色的玫瑰花案。

我很怀疑我的结婚礼服会不会变得很重——一想到在婚礼当天我必须穿着它，而且要穿整整好几个小时，我就觉得那会非常折磨人！好在，裙子配的是短袖，起码会比长袖凉爽一些。

彼得也会穿白色的礼服，虽然我还没有看到他礼服的草图。

女仆告诉我，女皇的礼服会用意大利来的栗色丝织品缝制而成，款式也将是西班牙的新款。我不明白，为什么女皇陛下一定要选择那些离我们那么远的国家的礼服款式和面料呢？

还没有人提出说要帮妈妈准备礼服。但是女皇已经命令她，在结婚当天，不能穿黑色了。在 8 月21 日那天，她必须假装自己已经不再为乌尔丽克服丧了。

一个温暖的春天

女皇很有可能不会允许让我带着伊凡·伊凡诺维奇参加我的婚礼。哪怕如此，我还是画了一幅画，想象着伊凡·伊凡诺维奇穿着一套绅士装陪着我一起走红地毯，画完后，我还是把画纸给撕掉了。我的宫女看到了这一切，她答应我会拿做婚纱剩下的料子，给伊凡·伊凡诺维奇做一套类似的外套。用银色的外套配上它深黑色的毛色，而且必定会有一顶法式的礼帽①。我想，如果在给它配上一个饰带，它一定会非常闪闪发光的。

1745年5月18日，彼得霍夫

亲爱的日记，对不起，又是两个星期过去了，这期间，我什么都没有写。我们又搬家了！这次待的城堡坐落在海岸边上，是由彼得大帝建造的，距离圣彼得堡往南差不多有二十英里。我们现在在芬兰湾，可以将整个海湾的景致一收眼底。从我们这里望过去，海上的小渔船看上去就像漂浮在水上的玩具。时不时会有一艘游艇往来于码头之间。

女皇出远门了，她去参观自己的另一个修道院。我很庆幸这一次她没有硬要我们同她一起去。她说，这给了我和彼得一个好机会，在婚礼前得到充分的休

---

① 原文为法语。

息。因为在婚礼以后，我们会非常忙碌。

我很喜欢这里。我们在室外支起一个大篷，在外面用餐。海面上吹来的空气，清新且没有什么蚊虫。听着海浪冲到岸边，拍打沙滩上鹅卵石发出的窸窣声音，我感觉昏昏欲睡。

有的时候，大公和我，或者妈妈和我——但是我们三个从来不会一起——沿着沙丘散步。我非常享受白天越来越长的日子。然后我开始期待出现极光的时节快点到来。晚上一旦出现极光，我一定会拖着我的未婚夫到外面来，和他一起欣赏天上绚烂的色彩。

后来

我现在正裹着毛毯坐在温暖的沙子上。海风一直把我的草帽吹掉，我不得不一次次系紧帽子上的绸带。彼得开始往空中扔面包屑，引来了一群海鸥在头上盘旋。在我眼里，这些海鸥的叫声非常可爱，真像是自由的欢呼声啊。

哦……彼得正在叫我放下笔和本子。他在前面发现了一个低洼，要去一探究竟。先写到这里啦，我亲爱的日记。

我现在和彼得一起过去看看。

尾　声

1745 年 8 月 21 日下午三点，叶卡捷琳娜和彼得在一百二十驾马车护送下，抵达了喀山大教堂。他们自己的马车由八匹白马牵引，周围由一队骑着黑马的俄国高官护送，用非常缓慢的速度往前进发。当这一对年轻的皇室夫妻在圣彼得堡的街道上经过时，一路上围观的百姓都纷纷向他们屈膝行礼。这场宗教仪式一共持续了几个小时，而之后的欢庆庆典一共举行了十天。

一个月以后，叶卡捷琳娜的母亲离开了俄国。这位来自安哈耳特-策尔布斯特的公主不希望给她的女儿留下一个太过悲伤的分离场景，于是她选择在黎明前出发，不告而别。当叶卡捷琳娜发现她的妈妈已经离开只留下一个空荡荡的房间时，忍不住大哭起来。

现在，她比以往感觉更加孤单。

在俄罗斯皇宫的生活就像坐牢一样。不仅她的婚姻本身就是一场灾难，而且她的一举一动都受到严密的监控。婚后，她也被严禁同她的女佣们在一起玩耍，那些一旦和她建立了亲密关系的人，就会立刻被派走或者被辞退。伊丽莎白女皇禁止她与自己的父母通信。如果她要写信给父母，必须要先经过外交部门的严格审核，而且她只能用正式的外交措辞和父母写信。

很多年以后，当叶卡捷琳娜写下她早年的这些经历时，她说："总的来说，有太多可怕的经历，但是我现在也只能记起其中的一半了……如果其他女人来体验我的生活的话，那么多半最后会疯掉，更多的最后会心碎而死。"

叶卡捷琳娜一共有三个孩子：保罗·彼得罗维奇、安娜·彼得罗维奇（在刚出生没多久就夭折了），还有亚历克西斯·博布林斯基。1762年，在叶卡捷琳娜大婚十七年之后，她登基成为女皇，并在位统治长达三十四年。她于1796年去世，享年六十六岁。她死后，她的儿子保罗继承皇位登基。

1744 年的俄国历史背景

1761 年，伊丽莎白女皇在圣诞夜去世，随后叶卡捷琳娜的丈夫彼得三世登基成为俄国的皇帝。可是彼得的统治时间非常短。登基后彼得做的第一件事就是签署了和普鲁士国王腓特烈二世之间的和平协议，终结了俄国长达七年的战争霸主的地位。所有已经占领的土地被归还给普鲁士。彼得对于普鲁士的偏袒之情，造成俄罗斯在这场战斗中的巨大损失，这激起了俄国部队将帅的众怒。

与此同时，叶卡捷琳娜也开始为自己的人生而担忧。她害怕彼得会立自己的情妇当皇后，而将她驱逐出去或者杀了她。1762 年，叶卡捷琳娜在军队和宗教领袖们的帮助下成功发起了一场无血政变。彼得不想为自己的皇位再做挣扎，在被幽禁六年后去世，据说他死于一次和卫兵的争斗中。在那之后，迎来了叶卡捷琳娜二世的统治。

许多人认为她在俄国的统治时间也不会长久，毕竟她并没有俄罗斯血统，也只是一个出生在普鲁士的波美拉尼亚属地，一个小公主和将军的女儿。但是叶卡捷琳娜的执政能力证明了那些批评家的错误，最后她作为一个独裁者，统治整个俄罗斯长达三十四年。

这位新女皇在登基一开始就立即投身到俄罗斯战后的重建和经济恢复上。当时的俄罗斯，重税和腐败比比皆是，整个国家的经济千疮百孔。传说当时她几乎是夜以继日、不辞辛劳的处理各种国家事务。

首先，她推动了农业改革。她意识到俄罗斯的将来取决于对俄国土地和资源的开发上。她推行新的庄稼品种和种植技术，从英格兰引进先进现代化机器，雇用外国工人来重新耕作。之后，叶卡捷琳娜对俄国境内所有的矿产资源进行了勘察，并且建立了俄罗斯第一所培养地理学家和开矿工人的学校。

同时，她推动建立了许多新的工厂，特别是棉麻和皮草加工厂。通过废除出口关税，她成功带动并迅速复苏了俄国的对外贸易活动。在短短五年内，这个国家的经济得到了复苏。她在位期间，将工厂数量从原本的九百八十四家增加到三千多家。在 1781 年，到西伯利亚的公路也开始投入建设。

在叶卡捷琳娜的执政后期，她又把重心放在了医疗、教育和艺术领域。她推动了对天花疫情的预防措施。这个对幼儿有最大致命率的疾病，在俄国第一次进行了大规模的疫苗注射，最后事实也证明了她推动疫苗注射是行之有效的。她颁布法令，俄国的每一个郡县都必须设有医院，并且要设立一所培养医护人员的专业医学院。

同时，她还推行了一个计划，要求每一个城镇都必须有配备教职人员的学校，以及一所专门给女生读书的学校。她在位期间的另一个重大成就是，在圣彼得堡建造了埃尔米塔日博物馆，也就是冬宫，在那里收藏了她竭力收藏到的艺术珍品。现在，冬宫还是世界上最大的艺术博物馆之一。因为她对于文选的热衷，她在伏尔泰死后购买了他的许多真迹，以及百科全书编纂者丹尼斯 狄德罗的作品。在她在位期间，皇家图书馆的藏书从早先寥寥几百本一下子增加到三万八千本之多，这里面还包括了数百种语言的字典。

1766 年，叶卡捷琳娜也解除了俄罗斯宗教礼拜的禁令。

叶卡捷琳娜在世的时候，朝野希望给她颁予"大帝"的称号，但是被她拒绝了。她说："我将让历史来给我一个公正的评判。"

之后，叶卡捷琳娜没有再婚。1796 年，叶卡捷琳娜死于中风。她的儿子保罗继承了皇位。

以下，是她在位期间发生的一些有趣的世界大事件：

• 公尺法在法国成型，同时在法国也升起了第一只热气球。

• 在法国大革命期间，一位叫做约瑟夫·吉约坦的医生出于人道主义，设计了一个能够减少痛苦的设备以处死罪犯。1793 年，第一台"断头台"被投入巴黎的革命广场，用于对法国国王路易十六和王后玛丽·安托瓦内特的砍头行刑。

• 英国天文学家威廉·赫谢耳爵爷发现了天王星。

• 贝多芬发表了第一部作品。

- 伦敦推行了一种为房屋编号录入管理的系统，同时也开始铺设世界上第一条人行道。

- 土豆变成了欧洲最受人欢迎的食物。

- 慷慨号的反叛者抵达太平洋东部的皮特凯恩岛上。

- 法国殖民者和丹麦废除了奴隶贸易。英国殖民者到达塞拉利昂抓捕自由的奴隶。

- 詹姆斯·库克航海绕世界一周，成为第一个抵达夏威夷的欧洲人。

- 美国爆发大革命，宣布从英联邦独立。

- 乔治·华盛顿在拒绝第三次连任美国总统后发表离职演讲。当时是 1796 年，是叶卡捷琳娜过世的那一年。

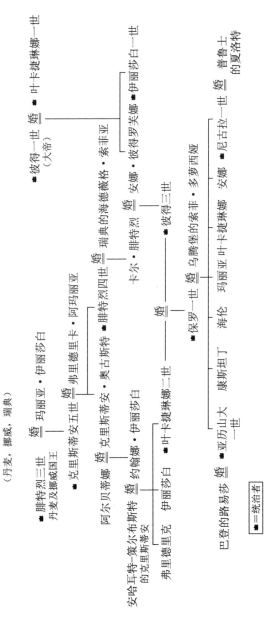

195

叶卡捷琳娜大帝家族谱

叶卡捷琳娜大帝：1729 年 4 月 21 日生于波美拉尼亚的什切青，原名安哈耳特-策尔布斯特的索菲亚·奥古斯塔·弗里德里卡。她的昵称叫做"菲琪"，取自索菲亚。小时候，她是一个调皮吵闹的假小子，在她玩伴的眼里，她是一个天生的领导者。十几岁的时候，她就已经展现出对于成为皇后或者女皇的追求，并且愿意不惜一切代价来获得这样有权力的角色。所以当她知道自己和无趣又软弱的彼得订婚后，她对彼得这些令人失望的特质不屑一顾。说到底，吸引她的是那个皇位的宝座而不是婚姻。传说，叶卡捷琳娜在婚后有许多情人，甚至有人说她的孩子是和情人的私生子，包括她的长子，于 1796 年在她死后继位成为保罗一世。她统治俄国足足三十四年。

荷尔斯泰因-戈托普的约翰娜·伊丽莎白公主（1712—1760）：叶卡捷琳娜的母亲。生性刻薄冷淡挑剔。她一心想要攀高枝，希望能够进入上流的王室社

交圈，并且指望通过菲琪可以嫁入俄罗斯皇室让自己
飞黄腾达。她的莽撞和自大的行为惹怒了伊丽莎白女
皇，最后女皇禁令她和菲琪之间正常的接触，并且强
迫她在婚礼后离开俄国。

**安哈耳特-策尔布斯特的克里斯蒂安·奥古斯
特·弗斯特王子**（1690—1747）：普鲁士军队的大将
军，一个忠实的路德教教徒。他希望菲琪不要转信俄
罗斯教堂的东正教。菲琪坐上雪橇离开柏林去俄罗
斯，是他最后一次见到自己的女儿。

芭贝特小姐：菲琪最喜欢的家庭教师，来自胡格
诺派家族，在南特赦令废除后从法国逃到德国。她并
没有陪伴菲琪一起去俄罗斯。

伊丽莎白·彼得罗芙娜（1709—1761）：俄罗斯
的女沙皇，彼得一世的女儿，她统治俄罗斯二十年之
久，一生未婚。聪明，生性开朗。她致力将俄国宫廷
变成时尚中心，同时也开办了莫斯科大学和圣彼得堡
艺术学院。她在1761年圣诞节过世，在那之后，她
的外甥彼得大公成为沙皇彼得三世。

彼得（1728—1762）：彼得大帝的外孙，他生性

愚钝，性格也很懦弱。他和叶卡捷琳娜（菲琪）于
1745 年 8 月 21 日结婚，但是他们的婚姻并不幸福。
在他登基成为彼得三世的七个月后，他被暗杀了。
有一些历史学家怀疑是叶卡捷琳娜下令执行对他的
谋杀。

叶卡捷琳娜的兄弟姐妹

安哈耳特-策尔布斯特-多恩堡的威廉 · 克里斯蒂
安 · 弗里德里克王子（1730—1742）

安哈尔特-策尔布斯特-多恩堡的弗里德里克 · 奥
古斯特王子（1734—1793）

安哈尔特-策尔布斯特-多恩堡的奥古斯特 · 克里
斯汀 · 夏洛特公主（1736 年出生、去世——只活了两
个星期）

伊丽莎白 · 乌尔丽克公主（1742—1745）这个妹
妹在她的妈妈和菲琪还在俄罗斯的时候过世，当时只
有两岁半。她的教母是伊丽莎白女皇。

叶卡捷琳娜二世的肖像画，画于 1745 年

　　彼得·乌尔里希的肖像，后来他成为叶卡捷琳娜的丈夫以及
沙皇彼得三世

皇家肖像画，叶卡捷琳娜二世，彼得三世和他们的儿子保罗

叶卡捷琳娜二世
拥有的俄罗斯皇冠上
的钻石

　　一幅叶卡捷琳娜骑在马背上的油画，陈列在彼得大帝靠近圣
彼得堡的某一住处里，挂在彼得大帝的王位上方的墙上

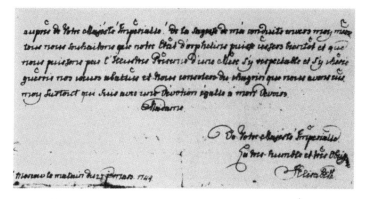

一封用法语的手写信，是约翰娜·伊丽莎白写给俄罗斯女沙皇伊丽莎白一世的信

叶卡捷琳娜妈妈，安哈耳特–策尔布斯特的约翰娜·伊丽莎白公主的肖像画

俄罗斯女沙皇伊丽莎白一世的肖像画

伊丽莎白在圣彼得堡的夏宫的板雕画

莫斯科克里姆林宫一览

1744年普鲁士和俄罗斯的国土图

作者后记

在这里，我想要谢谢伊莱恩·克拉夫特，她是威斯康星州梅昆的波梅雪·弗莱士塔特联合图书馆的图书管理员。感谢她慷慨热情的提供帮助，帮助我搜集关于叶卡捷琳娜童年时期在波美拉尼亚的相关图片、地图、食谱和一些研究资料。

其中最有意思的资料是这本叶卡捷琳娜自己写的皇家日记。她在里面夹放了一些私人信件、外交文书还有一些自传性的描述，绝大多数都是用法语写的。这些回忆给她个性的人生和宫廷生活带来了一抹亮色。不过，因为很多回忆都是在她人生的不同阶段写的——常常她只是用不一样的细节描述着同样的事件——所以一些描述常常会自相矛盾。比如，在一段描述中她说到她的小狗伊凡·伊凡诺维奇是一条狮子狗，但是在另一段里又说它是猎鹬犬。名字、地方的拼写也常常不一样，不过这倒极有可能是因为她在尝试翻译时的拼写错误。

在叶卡捷琳娜成为女沙皇之后，她将她之前的许多书写笔记都扔进了火炉里焚毁，其中包括了那本《十五岁哲学家的肖像》。从现在看来，那本书一定会非常吸引人来一探究竟。

叶卡捷琳娜时期的黄金卢布大约价值当时的十五美元（根据亨利·特鲁瓦亚于 1977 年的传记）。这也就是说，当时叶卡捷琳娜送给彼得价值一万四千卢布的订婚戒指，大概在当时就已经价值十二万一千美元。

图片致谢

非常感谢允许我使用以下资料的各位：

199 页：叶卡捷琳娜年轻时的肖像画，bpk 图片库，柏林

200 页：彼得三世的肖像画，akg 图像，伦敦

201 页：叶卡捷琳娜、彼得和保罗的肖像画，格兰杰历史图片库，纽约

202 页（上）：皇冠上的钻石，S.J. 菲利普斯，伦敦，UK/www.bridgeman.co.uk

202 页（下）：叶卡捷琳娜二世骑在马背上的画像，akg 图像，纽约

203 页（上）：约翰娜·伊丽莎白的信，akg 图像，伦敦

203 页（下）：约翰娜·伊丽莎白的肖像，akg 图像，伦敦

204 页：伊丽莎白一世的肖像画，玛丽·埃文斯图片库，伦敦

205 页（上）：圣彼得堡的夏宫，斯特普尔顿收藏，UK/www.bridgeman.co.uk

205 页（下）：莫斯科一览，akg 图像，伦敦

206 页：地图，吉姆·麦克马洪绘